TRANZLATY

Language is for everyone

Språk er for alle

The Call of Cthulhu

Cthulhus kall

H.P. Lovecraft

English
Norsk

Published by Tranzlaty
ISBN: 978-1-80572-505-3
The Call of Cthulhu
H.P. Lovecraft (1926)
www.tranzlaty.com

www.tranzlaty.com

The Horror Made of Clay
Skrekken laget av leire

There is one thing I find particularly merciful.
Det er én ting jeg synes er spesielt barmhjertig.
The inability of the human mind to correlate events.
Menneskesinnets manglende evne til å korrelere hendelser.
It's a blessing that we can't understand the world.
Det er en velsignelse at vi ikke kan forstå verden.
We live blissfully on a placid island of ignorance.
Vi lever lykkelig på en rolig øy av uvitenhet.
An island in the midst of black seas of infinity.
En øy midt i det uendelige svarte hav.
And it was not meant that we should voyage far.
Og det var ikke meningen at vi skulle reise langt.
The sciences each strain in their own directions.
Vitenskapene strekker seg i hver sin retning.
But hitherto science's findings have harmed us little.
Men vitenskapens funn hittil har skadet oss lite.
But some day dissociated knowledge will be pieced together.
Men en dag vil dissosiert kunnskap bli satt sammen.
Terrifying vistas of reality will open up to us.
Skremmende virkelighetsperspektiver vil åpne seg for oss.
And we will be left in a frightful vantage point.
Og vi vil bli etterlatt i et skremmende utsiktspunkt.
We will either go mad from the revelation we are given.
Vi vil enten bli gale av åpenbaringen vi får.
Or we will flee from the deadly light that we will see.
Ellers vil vi flykte fra det dødelige lyset vi vil se.
We will run from the knowledge we had always pursued.
Vi vil flykte fra kunnskapen vi alltid har jaktet på.
And we will seek the peace and safety of a new dark age.
Og vi vil søke freden og tryggheten i en ny mørk tidsalder.
Theosophists have guessed at the scale of the cosmos.
Teosofer har gjettet på kosmos' skala.
Our world is but a transient incident in this cycle.

Vår verden er bare en forbigående hendelse i denne syklusen.
The human race plays but a little role in the universe.
Menneskeheten spiller bare en liten rolle i universet.
The theosophists have hinted at strange methods of survival.
Teosofene har antydet merkelige metoder for å overleve.
But their suggestions would freeze a rational man's blood.
Men forslagene deres ville fryse en rasjonell manns blod.
Only the optimism of their ideas hides the horror.
Bare optimismen i ideene deres skjuler redselen.
But it is not their ideas that chill me the most.
Men det er ikke ideene deres som gir meg mest skrekk.
It is something else that fills me with terror.
Det er noe annet som fyller meg med redsel.
The single glimpse of forbidden eons I have seen.
Det eneste glimtet av forbudte eoner jeg har sett.
When I think of what I saw my blood stands still.
Når jeg tenker på det jeg så, står blodet mitt stille.
Restlessness plagues my dreams since that glimpse.
Rastløshet plager drømmene mine siden det glimtet.
It came to me like all dreaded glimpses of truth.
Det kom til meg som alle fryktede glimt av sannheten.
An accidental piecing together of separated things.
En tilfeldig sammenstilling av atskilte ting.
An old newspaper item and the notes of a dead professor.
En gammel avisartikkel og notatene til en død professor.
In a flash everything was pieced together before me.
I et blunk var alt satt sammen foran meg.
I hope no one else will accomplish this terrible insight.
Jeg håper ingen andre vil oppnå denne forferdelige innsikten.
Certainly, if I live, I shall never help anyone to know it.
Selvfølgelig, om jeg lever, skal jeg aldri hjelpe noen å vite det.
I shall never knowingly supply a link in so hideous a chain.
Jeg skal aldri bevisst legge til et ledd i en så heslig kjede.
I think that the professor, too, intended to keep silent.
Jeg tror at professoren også hadde til hensikt å tie stille.
He didn't mean to share the secrets that he knew.
Han mente ikke å dele hemmelighetene han kjente til.

And I'm sure he would have destroyed his notes.
Og jeg er sikker på at han ville ha ødelagt notatene sine.
If he had not been seized by sudden and suspicious death.
Hvis han ikke hadde blitt rammet av en plutselig og
mistenkelig død.

***

My knowledge of the thing began in the winter of 1926-27.
Min kunnskap om saken begynte vinteren 1926–27.
My great-uncle was the professor George Gammell Angell.
Min grandonkel var professor George Gammell Angell.
He was the Professor Emeritus of Semitic languages.
Han var professor emeritus i semittiske språk.
He lectured in Brown University, Providence, Rhode Island.
Han foreleste ved Brown University i Providence, Rhode
Island.
His death, at the age of ninety-two, triggered the event.
Hans død, i en alder av nittito år, utløste hendelsen.
**He was widely known as an authority on ancient
inscriptions.**
Han var viden kjent som en autoritet på gamle inskripsjoner.
Heads of prominent museums came to him for his expertise.
Lederne for fremtredende museer kom til ham for å få hans
ekspertise.
So his death was noticed by many within academic circles.
Så hans død ble lagt merke til av mange i akademiske kretser.
Interest was intensified by the obscurity of his death.
Interessen ble intensivert av uklarheten rundt hans død.
It occurred as he was disembarking from the Newport boat.
Det skjedde da han gikk i land fra Newport-båten.
**Witnesses say a dark nautical-looking fellow had jostled
him.**
Vitner sier at en mørk, maritim utseende fyr hadde dyttet
ham.
After being stricken, he fell suddenly, witnesses say.
Etter å ha blitt truffet, falt han plutselig, sier vitner.

Physicians were unable to find any visible disorder.
Legene klarte ikke å finne noen synlig lidelse.
After some perplexed debate they reached their conclusion.
Etter en del forvirrende diskusjon kom de frem til sin
konklusjon.
"It must have been a lesion of the heart," they agreed.
«Det må ha vært en hjerteskade», var de enige om.
"After all, he was rather an elderly man," they added.
«Han var tross alt en ganske eldre mann», la de til.
"the brisk ascent of the steep hill caused his end."
«den raske oppstigningen av den bratte bakken forårsaket
hans død.»
At the time I saw no reason to dissent from this dictum.
Den gangen så jeg ingen grunn til å være uenig i denne
påstanden.
But latterly I am inclined to wonder about their conclusion.
Men i det siste er jeg tilbøyelig til å undre meg over
konklusjonen deres.
And I do more than just wonder if they were right.
Og jeg lurer mer enn bare på om de hadde rett.

***

My grand-uncle died alone as a childless widower.
Min bestemor døde alene som barnløs enkemann.
And so I became heir and executor to his possessions.
Og dermed ble jeg arving og bobestyrer for hans eiendeler.
So I was expected to go over his papers and writings.
Så det var forventet at jeg skulle gå gjennom papirene og
tekstene hans.
I moved his entire set of files and boxes to my Boston home.
Jeg flyttet hele settet med mapper og esker til hjemmet mitt i
Boston.
Much of the materials I collected will later be published.
Mye av materialet jeg samlet inn vil bli publisert senere.
Many academics in his field took great interest in his work.

Mange akademikere innen hans felt viste stor interesse for arbeidet hans.

The American archeological society relied on him greatly.

Det amerikanske arkeologiske selskapet stolte sterkt på ham.

But there was one box which I found exceedingly puzzling.

Men det var én boks som jeg syntes var svært forvirrende.

I felt much averse from showing these files to other eyes.

Jeg følte meg veldig motvillig til å vise disse filene til andre øyne.

The box had been locked, unlike the other boxes.

Kassen hadde vært låst, i motsetning til de andre boksene.

And initially I found no key that would open this box.

Og i utgangspunktet fant jeg ingen nøkkel som kunne åpne denne boksen.

But then the location of the key occurred to me.

Men så slo meg plasseringen av nøkkelen.

The professor always carried a keyring in his pocket.

Professoren bar alltid en nøkkelring i lommen.

It was indeed one of these keys that opened the box.

Det var faktisk en av disse nøklene som åpnet esken.

But in the box was a still more closely locked barrier.

Men i boksen var en enda tettere låst barriere.

What could be the meaning of the queer bas-relief?

Hva kan betydningen av det skeive basrelieffet være?

Various paper cuttings accompanied the bas-relief.

Ulike papirutklipp fulgte med basrelieffet.

What did the disjointed jottings and ramblings allude to?

Hva hentydet de usammenhengende notatene og ramblingene til?

Had my uncle become credulous to superficial impostures?

Hadde onkelen min blitt godtroende overfor overfladiske bedrag?

Perhaps in his later years his criticalness thought slowed.

Kanskje avtok hans kritiske tankegang i de senere årene.

Someone had disturbed this old man's peace of mind.

Noen hadde forstyrret denne gamle mannens sinnsro.

And so I resolved to locate the eccentric sculptor.

Og derfor bestemte jeg meg for å finne den eksentriske skulptøren.

The man who set in motion my uncle's strange obsession.

Mannen som satte i gang onkelens merkelige besettelse.

***

The bas-relief was roughly shaped like a rectangle.

Basrelieffet var omtrent formet som et rektangel.

The rectangular shape was less than an inch thick.

Den rektangulære formen var mindre enn en tomme tykk.

And the bas-relief was about five by six inches in area.

Og basrelieffet var omtrent fem ganger seks tommer i areal.

It was obvious that the bas-relief was of modern origin.

Det var tydelig at basrelieffet var av moderne opprinnelse.

The designs, however, were far from modern in atmosphere.

Designene var imidlertid langt fra moderne i atmosfæren.

The inscriptions suggested a far older civilization.

Inskripsjonene antydet en langt eldre sivilisasjon.

The vagaries of cubism and futurism were many and wild.

Kubismens og futurismens luner var mange og ville.

But normally such patterns fail to produce regularity.

Men vanligvis klarer ikke slike mønstre å produsere regelmessighet.

The cryptic regularity which lurks in prehistoric writing.

Den kryptiske regelmessigheten som lurer i forhistorisk skrift.

This regularity was certainly present in the bas-relief.

Denne regelmessigheten var absolutt til stede i basrelieffet.

I was certain the inscriptions represented a writing system.

Jeg var sikker på at inskripsjonene representerte et skriftsystem.

I had some familiarity with the papers of my uncle.

Jeg kjente litt til onkelens papirer.

And I had looked through all of his collections and works.

Og jeg hadde sett gjennom alle samlingene og verkene hans.

But I failed to find any writing that was similar.

Men jeg klarte ikke å finne noen lignende tekster.

I could not geographically place this alphabet in any way.
Jeg kunne ikke geografisk plassere dette alfabetet på noen
måte.
Nor could I guess from what time this writing came from.
Jeg kunne heller ikke gjette hvilken tid dette skrevne stammet
fra.
Above these apparent hieroglyphics there was a figure.
Over disse tilsynelatende hieroglyfene var det en figur.
The figure was evidently only of pictorial intent.
Figuren var tydeligvis kun av billedlig hensikt.
The impressionism of the picture added to the mystery.
Bildets impresjonisme bidro til mysteriet.
No clear idea of the creature's nature could be discerned.
Ingen klar idé om skapningens natur kunne skjelnes.
The creature seemed to be a monster, of some sort.
Skapningen så ut til å være et monster, av et eller annet slag.
Or the symbol represented a monster, of some sort.
Eller symbolet representerte et monster, av noe slag.
Only a diseased mind could conceive of such a form.
Bare et sykt sinn kunne tenke seg en slik form.
My imagination yielded different pictures simultaneously.
Fantasien min ga forskjellige bilder samtidig.
But my imagination may also be somewhat extravagant.
Men fantasien min kan også være noe ekstravagant.
An octopus, a dragon, and also a human caricature.
En blekksprut, en drage og også en menneskekarikatur.
I shall try not be unfaithful to the spirit of the thing.
Jeg skal prøve å ikke være troløs mot sakens ånd.
A pulpy, tentacled head surmounted a scaly body.
Et fruktkjøttfullt, tentaklert hode krøp over en skjellaktig
kropp.
Rudimentary wings protruded from the grotesque shape.
Rudimentære vinger stakk ut fra den groteske formen.
But the shape of the monster wasn't even the worst part.
Men formen på monsteret var ikke engang det verste.
The background of the picture was even more frightening.
Bakgrunnen på bildet var enda mer skremmende.

The scenery had a vague suggestion of another civilization.
Landskapet ga en vag antydning til en annen sivilisasjon.
Cyclopean architecture from a forgotten part of the world.
Kyklopisk arkitektur fra en glemt del av verden.

*****

Only some notes and press cuttings accompanied the oddity.
Bare noen notater og presseutklipp fulgte med kuriositeten.
The press cuttings seemed to be only vaguely related.
Presseutklippene så bare ut til å være vagt relaterte.
The hand written notes were all from my uncle.
De håndskrevne notatene var alle fra onkelen min.
But his notes made no pretense to any literary style.
Men notatene hans gjorde ikke krav på noen litterær stil.
There was no ordering mechanism to any of the papers.
Det var ingen bestillingsmekanisme for noen av papirene.
Although there seemed to be a master document to the notes.
Selv om det så ut til å være et hoveddokument til notatene.
This document was ascribed to the cult of Cthulhu
Dette dokumentet ble tilskrevet Cthulhu-kulten
The word's letters had been painstakingly written out.
Ordets bokstaver hadde blitt omhyggelig skrevet ut.
There should be no erroneous reading of the unheard of word.
Det bør ikke være noen feiltolkning av det uhørte ordet.
This Cthulhu manuscript was divided into two sections;
Dette Cthulhu-manuskriptet var delt inn i to seksjoner;
The first manuscript was titled the following:
Det første manuskriptet hadde følgende tittel:
"1925 - Dream and Dream Work of H. A. Wilcox"
"1925 - Drøm og drømmeverk av HA Wilcox"
"7 Thomas St., Providence, Road Island"
"7 Thomas St., Providence, Road Island"
And the second manuscript was titled the following:
Og det andre manuskriptet hadde følgende tittel:

"Narrative of Inspector John R. Legrasse"
"Fortellingen til inspektør John R. Legrasse"
"121 Bienville St., New Orleans, 1908 Meetings."
"121 Bienville St., New Orleans, møter i 1908."
"Notes on Same, & Prof. Webb's account of events"
"Merknader om det samme, og professor Webbs beretning om hendelser"
The other manuscript papers were all brief notes.
De andre manuskriptene var alle korte notater.
Some manuscripts described the queer dreams of different persons.
Noen manuskripter beskrev de skeive drømmene til forskjellige personer.
Some manuscripts cited from theosophical books and magazines.
Noen manuskripter sitert fra teosofiske bøker og tidsskrifter.
Notably, most of these citations were from W. Scott-Eliott.
Det er verdt å merke seg at de fleste av disse sitatene var fra W. Scott-Eliott.
Mainly the notes referenced Atlantis and the Lost Lemuria.
Notatene refererte hovedsakelig til Atlantis og det tapte Lemuria.
The other notes commented on long-surviving secret societies.
De andre notatene kommenterte hemmelige selskaper som har eksistert lenge.
Hidden cults that may or may not still exist somewhere.
Skjulte kulter som kanskje eller kanskje ikke fortsatt eksisterer et sted.
Two books seemed to provide most of the information;
To bøker så ut til å gi mesteparten av informasjonen;
Miss Murray's Witch-Cult in Western Europe.
Frøken Murrays heksekult i Vest-Europa.
This book thoroughly detailed Mythological sources.
Denne boken beskriver grundig mytologiske kilder.
And Frazer's Golden Bough provided anthropological sources.

Og Frazers Golden Bough ga antropologiske kilder.

***

The cuttings largely alluded to outré mental illnesses.
Utklippene hentydet i stor grad til ekstreme psykiske lidelser.
Outbreaks of group folly and mania in the spring of 1925.
Utbrudd av gruppedårskap og mani våren 1925.
The first half of the manuscript told a very peculiar tale.
Den første halvdelen av manuskriptet fortalte en svært
merkelig historie.
**1925, the 1st of March, a thin dark young man came to my
uncle.**
1. mars 1925 kom en tynn, mørk ung mann til onkelen min.
The manuscript describes his neurotic and excited aspect.
Manuskriptet beskriver hans nevrotiske og opphissede aspekt.
And he bore with him the strange bas-relief.
Og han bar med seg det merkelige basrelieffet.
At that time the bas-relief was exceedingly damp and fresh.
På den tiden var basrelieffet usedvanlig fuktig og friskt.
His card bore the name of Henry Anthony Wilcox.
Kortet hans bar navnet Henry Anthony Wilcox.
And my uncle had slightly recognized who he was.
Og onkelen min hadde så vidt gjenkjent hvem han var.
He was the youngest son of an excellent family.
Han var den yngste sønnen i en fornem familie.
Latterly he had been studying sculpture at Rhode Island.
Senere hadde han studert skulptur ved Rhode Island.
He lived alone at the Fleur-de-Lys Building.
Han bodde alene i Fleur-de-Lys-bygningen.
His residences were near the university.
Boligene hans lå i nærheten av universitetet.
Wilcox was a precocious youth of known genius.
Wilcox var en tidligvoksen ungdom med et kjent geni.
But he was also known for his great eccentricity.
Men han var også kjent for sin store eksentrisitet.
From childhood he had excited the attention of others.

Helt fra barndommen av hadde han vekket andres
oppmerksomhet.
He told of strange stories no one had told him about.
Han fortalte om merkelige historier som ingen hadde fortalt
ham om.
And he was in the habit of relating strange dreams.
Og han hadde for vane å fortelle merkelige drømmer.
He described himself as "psychically hypersensitive".
Han beskrev seg selv som «psykisk overfølsom».
But those around him had other descriptions for him.
Men de rundt ham hadde andre beskrivelser av ham.
They were staid folk of the ancient commercial city.
De var sindige folk fra den gamle handelsbyen.
And they dismissed him as merely strange and "queer".
Og de avfeide ham som bare merkelig og «skeiv».
And so he never mingled much with his kind.
Og derfor omga han seg aldri mye med sine artsfæller.
And he had dropped gradually from social visibility.
Og han hadde gradvis falt fra sosial synlighet.
Now he is known only to a small group of esthetes.
Nå er han bare kjent for en liten gruppe esteter.
And those who knew him came mostly from other towns.
Og de som kjente ham kom stort sett fra andre byer.
Even the Providence art club had found him quite hopeless.
Selv kunstklubben i Providence hadde funnet ham ganske
håpløs.
Of course they were anxious to preserve their conservatism.
Selvfølgelig var de ivrige etter å bevare sin konservatisme.

***

The professor's manuscript continued to describe the visit.
Professorens manuskript fortsatte å beskrive besøket.
**The sculptor abruptly asked for his host's archeological
knowledge.**
Billedhuggeren spurte brått om vertens arkeologiske
kunnskap.

He wanted him to identify the hieroglyphics on the bas-relief.
Han ville at han skulle identifisere hieroglyfene på basrelieffet.
He spoke in a dreamy and rather stilted manner.
Han snakket på en drømmende og ganske stiv måte.
His speech suggested pose and alienated sympathy.
Talen hans antydet posering og fremmedgjorde sympati.
And my uncle showed some sharpness in his reply.
Og onkelen min viste en viss skarphet i svaret sitt.
Because the bas-relief was still conspicuously freshness.
Fordi basrelieffet fortsatt var iøynefallende friskhet.
So there was no need for any kinship with archeology.
Så det var ikke behov for noen tilknytning til arkeologien.
Young Wilcox's rejoinder was of a fantastically poetic cast.
Unge Wilcox' svar var av en fantastisk poetisk art.
My uncle must have been impressed with the reply.
Onkelen min må ha blitt imponert over svaret.
And he recorded the reply of Wilcox verbatim.
Og han nedtegnet Wilcox' svar ordrett.
"The bas-relief is indeed still conspicuously fresh."
«Basrelieffet er faktisk fortsatt påfallende friskt.»
"Because I made this bas-relief last night, after a dream."
«Fordi jeg lagde dette basrelieffet i natt, etter en drøm.»
"A dream of strange cities and stranger people."
"En drøm om fremmede byer og fremmede mennesker."
"And dreams are older than brooding Tyros."
«Og drømmer er eldre enn den grublende Tyros.»
"Dreams are older than the contemplative Sphinx."
"Drømmer er eldre enn den kontemplative sfinksen."
"And dreams are older than the garden-girdled Babylon."
«Og drømmer er eldre enn det hageomsluttede Babylon.»
This type of speech turned out to be characteristic of him.
Denne typen tale viste seg å være karakteristisk for ham.
It was then that he began that rambling tale.
Det var da han begynte den omflakkende historien.
The tale which suddenly played upon a sleeping memory.
Historien som plutselig spilte på et sovende minne.

The tale that won the fevered interest of my uncle.
Historien som vant onkelens feberaktige interesse.

***

There had been a slight earthquake tremor the night before.
Det hadde vært et lite jordskjelv natten før.
The most considerable tremor New England had felt for some years.
Det mest betydelige skjelvet New England hadde følt på noen år.
Wilcox's imagination had been keenly affected by the earthquake.
Wilcox' fantasi hadde blitt sterkt påvirket av jordskjelvet.
He had had an unprecedented dream of great Cyclopean cities.
Han hadde hatt en enestående drøm om store kyklopiske byer.
He dreamed of Titan blocks and sky-flung monoliths.
Han drømte om titanblokker og himmelslyngede monolitter.
All the architecture was dripping with green ooze.
All arkitekturen dryppet av grønn oser.
And his dreams were sinister with latent horror.
Og drømmene hans var uhyggelige med latent redsel.
Hieroglyphics had covered the walls and pillars.
Hieroglyfer hadde dekket veggene og søylene.
From somewhere underneath there came a sound.
Fra et sted nedenfra kom det en lyd.
The sound was of a voice, but it was not a voice.
Lyden var av en stemme, men det var ikke en stemme.
A chaotic sensation which only fancy could transmute into sound.
En kaotisk følelse som bare fantasien kunne forvandle til lyd.
He attempted to say the almost unpronounceable word.
Han forsøkte å si det nesten uuttalelige ordet.
A jumble of unlikely letters; "Cthulhu fhtagn".
Et virvar av usannsynlige bokstaver; «Cthulhu fhtagn».

- 13 -

This verbal jumble was the key to my uncle's recollection.
Dette verbale virvaret var nøkkelen til onkelens erindring.
This strange sound excited and disturbed Professor Angell.
Denne merkelige lyden opphisset og forstyrret professor
Angell.
He questioned the sculptor with scientific minuteness.
Han spurte skulptøren med vitenskapelig nøyaktighet.
He studied the bas-relief with almost frantic intensity.
Han studerte basrelieffet med nesten febrilsk intensitet.
My uncle blamed his old age, Wilcox afterward said.
Onkelen min skyldte på alderdommen sin, sa Wilcox etterpå.
**In his younger days he would have recognized the
hieroglyphics.**
I sine yngre dager ville han ha gjenkjent hieroglyfene.
**The pictorial design wouldn't have puzzled his sharper
mind.**
Det billedlige designet ville ikke ha forvirret hans skarpere
sinn.
**Many of his questions seemed highly out of place to his
visitor.**
Mange av spørsmålene hans virket svært malplasserte for den
besøkende.
He tried to connect him to strange mythological cults.
Han prøvde å koble ham til merkelige mytologiske kulter.
He tried to get him to admit affiliation to secret societies.
Han prøvde å få ham til å innrømme tilknytning til hemmelige
selskaper.
My uncle even promised to keep his visitor's secret.
Onkelen min lovet til og med å holde på besøkets
hemmelighet.
"Are you not part of a widespread mystical group?"
"Er du ikke en del av en utbredt mystisk gruppe?"
"Are you not a member of a paganly religious body?"
«Er du ikke medlem av et hedensk religiøst samfunn?»
**Eventually he became convinced the sculptor wasn't a
member.**

Etter hvert ble han overbevist om at skulptøren ikke var medlem.

He was indeed ignorant of any cult or system of cryptic lore.

Han var faktisk uvitende om noen kult eller system av kryptisk tradisjon.

He besieged his visitor with demands for future reports of dreams.

Han beleiret sin besøkende med krav om fremtidige drømmerapporter.

This strange request bore regular and interesting fruit.

Denne merkelige forespørselen bar regelmessige og interessante frukter.

***

After the first interview the manuscript records daily calls.

Etter det første intervjuet registrerer manuskriptet daglige samtaler.

He related startling fragments of nocturnal imagery.

Han fortalte oppsiktsvekkende fragmenter av nattlige bilder.

There were always the same themes in his dreams.

Det var alltid de samme temaene i drømmene hans.

A terrible Cyclopean vista of dark and dripping stone.

Et forferdelig kyklopeisk utsikt over mørk og dryppende stein.

A subterranean voice or intelligence shouting monotonously.

En underjordisk stemme eller intelligens som roper monotont.

Two sounds seemed to repeat themselves in his dreams.

To lyder syntes å gjenta seg i drømmene hans.

But these sounds were as enigmatic as the other sounds.

Men disse lydene var like gåtefulle som de andre lydene.

The sounds can only be rendered by the letters "Cthulhu" and "R'lyeh".

Lydene kan bare gjengis med bokstavene «Cthulhu» og «R'lyeh».

On March 23rd, the manuscript continued, Wilcox failed to come.

Den 23. mars fortsatte manuskriptet, men Wilcox kom ikke.
My uncle made inquiries at the quarters of his whereabouts.
Onkelen min spurte hvor han var.
That night he had been stricken with an obscure sort of fever.
Den natten hadde han blitt rammet av en ukjent form for feber.
And he was taken to the home of his family in Waterman Street.
Og han ble ført til familiens hjem i Waterman Street.
That night he had cried out in one of his dreams.
Den natten hadde han grått ut i en av drømmene sine.
His cries aroused several other artists in the building.
Ropene hans vekket opp flere andre kunstnere i bygningen.
And he was between alternations of unconsciousness and delirium.
Og han befant seg mellom vekslinger mellom bevisstløshet og delirium.
My uncle at once telephoned the family of Wilcox.
Onkelen min ringte straks til Wilcox-familien.
And from that time forward he kept close watch of the case.
Og fra da av fulgte han saken nøye.
He called often at the Thayer Street office of Dr. Tobey.
Han kom ofte innom dr. Tobeys kontor i Thayer Street.
Dr. Tobey was in charge of the patient's condition.
Dr. Tobey hadde ansvaret for pasientens tilstand.
The youth's febrile mind was dwelling on strange things.
Den unge mannens febrilske sinn dvelte ved merkelige ting.
The doctor shuddered now and then as he spoke of the dreams.
Legen skalv nå og da mens han snakket om drømmene.
The dreams repeated a lot of the earlier themes.
Drømmene gjentok mange av de tidligere temaene.
But now his dreams made mention of something new.
Men nå nevnte drømmene hans noe nytt.
A gigantic thing "a miles high" which walked, or lumbered about.

En gigantisk ting «en mil høy» som gikk eller slentret rundt.
He at no time fully described this object in any detail.
Han beskrev ikke på noe tidspunkt dette objektet i detalj.
But Dr. Tobey relayed the frantic words of his patient.
Men dr. Tobey formidlet pasientens paniske ord.
And the professor became increasingly certain of what it was.
Og professoren ble stadig sikrere på hva det var.
The nameless monstrosity he had sought to depict in his sculpture.
Det navnløse uhyret han hadde forsøkt å skildre i skulpturen sin.
The doctor had mentioned the bas-relief he had made.
Legen hadde nevnt basrelieffet han hadde laget.
This mention preludes the young man's subsidence into lethargy.
Denne omtalen forutsetter den unge mannens synking i sløvhet.
His temperature, oddly enough, was not greatly above normal.
Temperaturen hans var merkelig nok ikke særlig høy.
But his general condition suggested he was in a fever.
Men hans generelle tilstand tydet på at han hadde feber.
A fever, as opposed to being in the grasp of a mental disorder.
Feber, i motsetning til å være i grepet av en psykisk lidelse.

***

On April 2nd at about 3 p.m. the fever came to an end.
Den 2. april, rundt klokken 15, tok feberen slutt.
Every trace of Wilcox's malady suddenly ceased.
Plutselig opphørte alle spor av Wilcox' sykdom.
He sat upright in bed as if waking up from regular sleep.
Han satt oppreist i sengen som om han våknet fra vanlig søvn.
He was astonished to find himself at his parents' home.

Han ble overrasket over å finne seg selv hjemme hos foreldrene sine.

And he was completely ignorant of what had happened.

Og han var fullstendig uvitende om hva som hadde skjedd.

Neither dream nor reality had made an impression on his mind.

Verken drøm eller virkelighet hadde gjort inntrykk på hans sinn.

Dr. Tobey pronounced him fit to be dismissed from his care.

Dr. Tobey erklærte ham skikket til å bli fjernet fra sin omsorg.

And he returned to his quarters three days later.

Og han returnerte til kvarteret sitt tre dager senere.

But to Professor Angell he was of no further assistance.

Men for professor Angell var han ikke til ytterligere hjelp.

All traces of strange dreaming had vanished with his recovery.

Alle spor av merkelig drømming hadde forsvunnet med at han ble frisk.

For a week he recounted irrelevant and thoroughly usual visions.

I en uke gjenfortalte han irrelevante og helt vanlige visjoner.

And my uncle kept no further record of his night-thoughts.

Og onkelen min førte ingen videre opptegnelse over sine nattlige tanker.

At this point the first part of the manuscript ended.

På dette tidspunktet var den første delen av manuskriptet over.

But my research was still anything but concluded.

Men forskningen min var fortsatt langt fra avsluttet.

References to scattered notes helped piece things together.

Referanser til spredte notater hjalp til med å sette tingene sammen.

And there was more than enough material for thought.

Og det var mer enn nok stoff til ettertanke.

My distrust of the artist had still not subsided.

Min mistillit til kunstneren hadde fortsatt ikke avtatt.

But this was largely a result of my ingrained skepticism.

Men dette var i stor grad et resultat av min inngrodde skepsis.

The notes described the dreams of various persons.

Notatene beskrev drømmene til forskjellige personer.

These dreams all occurred while young Wilcox was in his fever.

Disse drømmene skjedde mens unge Wilcox hadde feber.

My uncle, it seems, wasted no time in collecting the data.

Det ser ut til at onkelen min ikke kastet bort tiden med å samle inn dataene.

He had quickly instituted a prodigiously far-flung body of inquiries.

Han hadde raskt iverksatt en enormt omfattende rekke undersøkelser.

Any friend that didn't show impertinence he questioned.

Enhver venn som ikke viste frekkhet, stilte han spørsmål ved.

He requested from them nightly reports of their dreams.

Han ba dem om nattlige rapporter om drømmene deres.

And he asked if they had had any notable visions of late.

Og han spurte om de hadde hatt noen bemerkelsesverdige visjoner i det siste.

The reception of his request seems to have been varied.

Mottakelsen av forespørselen hans ser ut til å ha vært varierende.

But there was certainly no shortage in replies.

Men det var absolutt ingen mangel på svar.

No ordinary man could have handled the replies alone.

Ingen vanlig mann kunne ha håndtert svarene alene.

The original correspondences were not preserved.

De originale korrespondansene ble ikke bevart.

But his notes formed a thorough and significant digest.

Men notatene hans dannet et grundig og betydningsfullt sammendrag.

***

Initially he had approached average people in society.

I starten henvendte han seg til vanlige folk i samfunnet.

New England's traditional "salt of the earth".

New Englands tradisjonelle «jordens salt».

But this group gave an almost completely negative result.

Men denne gruppen ga et nesten fullstendig negativt resultat.

Though there were some exceptions to this group too.

Selv om det også fantes noen unntak fra denne gruppen.

Scattered cases of uneasy but formless nocturnal impressions.

Spredte tilfeller av urolige, men formløse nattlige inntrykk.

Their reports were always between March 23rd and April 2nd.

Rapportene deres var alltid mellom 23. mars og 2. april.

This aligned with the same period of young Wilcox's delirium.

Dette stemte overens med den samme perioden med unge Wilcox' delirium.

Men of science had been only a little more affected.

Vitenskapsmenn hadde blitt bare litt mer berørt.

Though four cases of vague description were of interest.

Selv om fire tilfeller med vag beskrivelse var av interesse.

They had had fugitive glimpses of strange landscapes.

De hadde fått flyktige glimt av merkelige landskap.

And in one case a dread of something abnormal was mentioned.

Og i ett tilfelle ble det nevnt en frykt for noe unormalt.

It was from the artists and poets that the pertinent answers came.

Det var fra kunstnerne og poetene at de relevante svarene kom.

It is a blessing no one had been able to compare notes.

Det er en velsignelse at ingen hadde klart å sammenligne notater.

Panic would have broken loose had they shared their visions.

Panikken ville ha brutt løs hvis de hadde delt visjonene sine.

This, however, did not dispel my ingrained skepticism.

Dette fjernet imidlertid ikke min inngrodde skepsis.

Others might have come to mythical conclusions much quicker.

Andre kunne kanskje ha kommet til mytiske konklusjoner mye raskere.

But the original letters were lacking from the notes.

Men de originale brevene manglet i notatene.

I half suspected the compiler of having asked leading questions.

Jeg mistenkte nesten at kompilatoren hadde stilt ledende spørsmål.

Or perhaps the correspondences weren't entirely original.

Eller kanskje korrespondansene ikke var helt originale.

Perhaps my uncle had resolved to confirm Wilcox's dreams.

Kanskje onkelen min hadde bestemt seg for å bekrefte Wilcox' drømmer.

That is why I continued to feel suspicious of the sculptor.

Derfor fortsatte jeg å føle mistenksomhet overfor skulptøren.

Perhaps he was still cognizant of my uncle's old data.

Kanskje han fortsatt var klar over onkelens gamle data.

Perhaps he had been imposing on the veteran scientist.

Kanskje han hadde vært påtrengende på den erfarne vitenskapsmannen.

Nonetheless, the corroborating data had to be investigated.

Likevel måtte de bekreftende dataene undersøkes.

***

The responses from the esthetes told a disturbing tale.

Svarene fra estetikerne fortalte en urovekkende historie.

From February 28th to April 2nd their dreams aligned.

Fra 28. februar til 2. april stemte drømmene deres overens.

And a large proportion of them had dreamed very bizarre things.

Og en stor andel av dem hadde drømt svært bisarre ting.

The timing of the intensity of their dreams was also of interest.

Tidspunktet for intensiteten i drømmene deres var også interessant.

The period of the sculptor's delirium marked a highpoint.

Perioden med skulptørens delirium markerte et høydepunkt.

The intensity of their dreams were immeasurably the stronger.

Intensiteten i drømmene deres var umåtelig desto sterkere.

Over a quarter reported unfamiliar and unpronounceable sounds.

Over en fjerdedel rapporterte ukjente og uuttalelige lyder.

Noises not dissimilar to what Wilcox had also described.

Lyder ikke ulikt det Wilcox også hadde beskrevet.

Some described highly elaborate and impossible architecture.

Noen beskrev svært forseggjort og umulig arkitektur.

And some of the dreamers confessed to an acute fear.

Og noen av drømmerne innrømmet en akutt frykt.

Like Wilcox, they had seen some gigantic nameless thing.

I likhet med Wilcox hadde de sett en gigantisk navnløs ting.

One case, which the note describes with emphasis, was very sad.

Ett tilfelle, som notatet beskriver med vekt, var svært trist.

The subject was a widely known architect of the region.

Motivet var en kjent arkitekt i regionen.

He too had leanings toward theosophy and occultism.

Han hadde også tilbøyeligheter til teosofi og okkultisme.

This man went violently insane on March the 22nd.

Denne mannen ble voldsomt sinnssyk den 22. mars.

The exact same date of young Wilcox's seizure.

Nøyaktig samme dato som unge Wilcox ble beslaglagt.

He expired several months later, after incessant screaming.

Han døde flere måneder senere, etter uopphørlig skriking.

He begged to be saved from some escaped denizen of hell.

Han ba om å bli reddet fra en rømt beboer fra helvete.

Regrettably, my uncle did not refer to these cases by name.

Dessverre nevnte ikke onkelen min disse sakene ved navn.

Instead, all studies were given nothing more than a number.

I stedet fikk alle studiene ikke mer enn et tall.
This way I was limited in attempting any personal investigation.
På denne måten var jeg begrenset i mine forsøk på personlig undersøkelse.
And corroborating the evidence further was demanding.
Og det var krevende å bekrefte bevisene ytterligere.
But finally I did succeed in tracing down some cases.
Men til slutt klarte jeg å spore opp noen tilfeller.
I should have trusted the notes from my uncle.
Jeg burde ha stolt på notatene fra onkelen min.
They reported their dreams true to their reports.
De rapporterte at drømmene deres var sanne i henhold til rapportene sine.
I have often wondered what they thought the questioning meant.
Jeg har ofte lurt på hva de trodde spørsmålene betydde.
It is for the best that no explanation shall ever reach them.
Det er best at ingen forklaring noen gang skal nå dem.

***

As I have mentioned, my uncle also collected press clippings.
Som jeg har nevnt, samlet onkelen min også presseutklipp.
These press clippings corresponded to the dates in question.
Disse presseklippene samsvarte med de aktuelle datoene.
The sources were scattered throughout the globe.
Kildene var spredt over hele kloden.
Professor Angell must have employed a cutting bureau.
Professor Angell må ha ansatt et skjærebyrå.
Because the number of extracts was tremendous.
Fordi antallet utdrag var enormt.
There was a parallel to this part of his research.
Det var en parallell til denne delen av forskningen hans.
Cases of panic, mania, and eccentricity.
Tilfeller av panikk, mani og eksentrisitet.

One case was a nocturnal suicide in London.

Ett tilfelle var et nattlig selvmord i London.

A lone sleeper had leaped from a window after a shocking cry.

En enslig sovende hadde hoppet ut av et vindu etter et sjokkerende skrik.

A rambling letter to the editor of a paper in South America.

Et usammenhengende brev til redaktøren av en avis i Sør-Amerika.

A fanatic deduces a dire future from visions he had had.

En fanatiker utleder en dyster fremtid fra visjoner han hadde hatt.

A dispatch from California describes a theosophist colony.

En rapport fra California beskriver en teosofkoloni.

They donned white robes en masse for some "glorious fulfilment".

De tok på seg hvite kapper i hopetall for en «strålende oppfyllelse».

Although that "glorious fulfilment" never arose.

Selv om den «strålende oppfyllelsen» aldri oppsto.

There seems to be serious unrest from the natives in India.

Det ser ut til å være alvorlig uro fra de innfødte i India.

Voodoo orgies multiplied in Haiti.

Voodoo-orgier mangedoblet seg på Haiti.

African outposts report ominous mutterings.

Afrikanske utposter rapporterer illevarslende mumling.

American officers in the Philippines find certain tribes bothersome.

Amerikanske offiserer på Filippinene synes visse stammer er plagsomme.

New York policemen are mobbed by hysterical Levantines.

New York-politimenn blir mobbet av hysteriske levantinere.

This occurred exactly on the night of March 22-23.

Dette skjedde nøyaktig natten mellom 22. og 23. mars.

The west of Ireland, too, was full of wild rumor and legendry.

Vest-Irland var også fullt av ville rykter og legender.

A fantastic painter named Ardois-Bonnot made the news in France.
En fantastisk maler ved navn Ardois-Bonnot ble nyhetsinnslag i Frankrike.
He hung a blasphemous dream landscape in the Paris spring salon.
Han hengte et blasfemisk drømmelandskap i den parisiske vårsalongen.
The recorded troubles in insane asylums were immeasurable.
De registrerte problemene på sinnssykehusene var umålelige.
A miracle must have kept the medical fraternities unsuspecting.
Et mirakel må ha holdt de medisinske brorskapene intetanende.
But they never noted the strange parallelisms of the cases.
Men de la aldri merke til de merkelige parallellene i sakene.
Else they too would have come to mystified conclusions.
Ellers ville også de ha kommet til forvirrende konklusjoner.
I must confess these were indeed a set of weird paper cuttings.
Jeg må innrømme at dette virkelig var et sett med rare papirutklipp.
My uncle had put forward a convincing argument.
Onkelen min hadde lagt frem et overbevisende argument.
I can't explain how I set the evidence aside.
Jeg kan ikke forklare hvordan jeg la bevisene til side.
But my callous rationalism took the upper hand.
Men min ufølsomme rasjonalisme tok overhånd.
And I was still suspicious of the young sculptor, Wilcox.
Og jeg var fortsatt mistenksom overfor den unge skulptøren, Wilcox.
He must have known of the older matters mentioned by the professor.
Han må ha kjent til de eldre sakene professoren nevnte.

Let me turn your attention away from the young sculptor.
La meg vende oppmerksomheten din bort fra den unge
skulptøren.
And let us focus on the second half of the manuscript.
Og la oss fokusere på den andre halvdelen av manuskriptet.
A few dreams alone would not have been so significant.
Noen få drømmer alene ville ikke ha vært så betydningsfulle.
The bas-relief could have been dismissed as a hoax.
Basrelieffet kunne ha blitt avfeid som en bløff.
But my uncle had previously been primed to take interest.
Men onkelen min hadde tidligere vært klar til å vise interesse.
Wilcox's dream seemed to have a link to past events.
Wilcox' drøm så ut til å ha en kobling til tidligere hendelser.
It wasn't the first time that he had heard that word.
Det var ikke første gang han hadde hørt det ordet.
The ominous syllables perhaps written as "Cthulhu".
De illevarslende stavelsene kanskje skrevet som «Cthulhu».
He had seen and heard of similar descriptions before.
Han hadde sett og hørt lignende beskrivelser før.
The hellish outlines of the nameless monstrosity.
De helvetesaktige omrissene av det navnløse uhyret.
He had previously puzzled over the same hieroglyphics.
Han hadde tidligere undret seg over de samme hieroglyfene.
All this produced a horrible connection of events.
Alt dette skapte en forferdelig sammenheng mellom
hendelsene.
It is no wonder he pursued young Wilcox with queries.
Det er ikke rart at han forfulgte unge Wilcox med spørsmål.
And we must not be surprised he interrogated Wilcox so.
Og vi må ikke være overrasket over at han avhørte Wilcox
slik.
This earlier experience had come in the year of 1908.
Denne tidligere erfaringen hadde kommet i år 1908.
Seventeen years before Wilcox came to my great-uncle.

Sytten år før Wilcox kom til min grandonkel.
The archeological society were meeting in St. Louis.
Det arkeologiske selskapet møttes i St. Louis.
Professor Angell had a prominent part in the deliberations.
Professor Angell hadde en fremtredende rolle i drøftingene.
His responsibilities befitted one of his authority.
Hans ansvar sømmet seg i forhold til en av hans autoriteter.
He was one of the first to be approached by several outsiders.
Han var en av de første som ble kontaktet av flere utenforstående.
They took advantage of the convocation to offer questions.
De benyttet seg av innkallingen til å stille spørsmål.
They hoped for correct answering from an expert.
De håpet på riktig svar fra en ekspert.
They each had very peculiar types of problems.
De hadde hver av dem svært spesielle problemer.
And they required very different types of solutions.
Og de krevde svært forskjellige typer løsninger.
The chief of these was a common-looking middle-aged man.
Høvdingen av disse var en middelaldrende mann av vanlig utseende.
And he quickly became the meeting's focus of interest.
Og han ble raskt møtets fokus.

*****

He had traveled to St. Louis all the way from New Orleans.
Han hadde reist til St. Louis helt fra New Orleans.
He had come to the meeting for special information.
Han hadde kommet til møtet for å få spesiell informasjon.
Knowledge that could not be unobtained from local source.
Kunnskap som ikke kunne hentes utenom lokale kilder.
His name was John Raymond Legrasse, police inspector.
Han het John Raymond Legrasse, politiinspektør.
He bore with him the mysterious subject of his inquiries.
Han bar med seg det mystiske emnet for sine undersøkelser.

A grotesque and apparently very ancient stone statuette.
En grotesk og tilsynelatende svært gammel steinstatuett.
A statuette whose origin no one had been able to determine.
En statuett hvis opprinnelse ingen hadde klart å fastslå.
But don't assume Inspector Legrasse was an archeologist.
Men ikke anta at inspektør Legrasse var arkeolog.
He had very little interest in archeology, nor mythology.
Han hadde svært liten interesse for arkeologi, og heller ikke
mytologi.
His wish for enlightenment had rather different
motivations.
Hans ønske om opplysning hadde ganske andre motivasjoner.
He was prompted to come by purely professional
considerations.
Han ble bedt om å komme av rent profesjonelle hensyn.
The statuette had been captured as part of a police raid.
Statuetten ble beslaglagt som en del av en politirazzia.
Although whether it was even a statuette wasn't determined.
Selv om det ikke engang var en statuett, ble det ikke bestemt.
It could also have been an idol, magic fetish, or charm.
Det kunne også ha vært et idol, en magisk fetisj eller en
amulett.
Whatever it was, it had been captured some months
previously.
Uansett hva det var, hadde det blitt tatt til fange noen
måneder tidligere.
A meeting was being held in the wooded swamps of New
Orleans.
Et møte ble holdt i de skogkledde sumpene i New Orleans.
The police had been tipped of about a supposed voodoo
meeting.
Politiet hadde blitt tipset om et angivelig voodoo-møte.
Strange and hideous rites connected with the voodoo circle.
Merkelige og heslige ritualer knyttet til voodoo-sirkelen.
The police could not but realize what they had stumbled on.
Politiet kunne ikke annet enn å innse hva de hadde snublet
over.

A dark cult previously totally unknown to the authorities.
En mørk kult som tidligere var helt ukjent for myndighetene.
Infinitely more sinister than what an outsider could expect.
Uendelig mye mer uhyggelig enn hva en utenforstående
kunne forvente.
**More diabolic than the blackest of the African voodoo
circles.**
Mer djevelsk enn den svarteste av de afrikanske voodoo-
kretsene.
**Unbelievable tales were extorted from the captured cult
members.**
Utrolige historier ble presset ut av de fangede
kultmedlemmene.
But nothing of the relic's origin could be discovered.
Men ingenting om relikviens opprinnelse kunne oppdages.
Hence the anxiety of the police for any antiquarian lore.
Derfor politiets angst for enhver antikvarisk kunnskap.
Ancient mythology might explain the frightful symbol.
Antikkens mytologi kan forklare det skremmende symbolet.
Deeper knowledge could perhaps track the fountain-head.
Dypere kunnskap kunne kanskje spore kilden.
**Inspector Legrasse was not prepared for the excitement he
created.**
Inspektør Legrasse var ikke forberedt på spenningen han
skapte.
One sight of the mysterious object was all that was required.
Ett syn av den mystiske gjenstanden var alt som skulle til.
The assembled men of science were filled with curiosity.
De forsamlede vitenskapsmennene var fylt av nysgjerrighet.
They lost no time in crowding closely around the inspector.
De mistet ikke tiden med å stimle seg tett sammen rundt
inspektøren.
**And they all tried to get the best look at the diminutive
figure.**
Og de prøvde alle å få det beste ut av den lille skikkelsen.

***

The genuinely abysmal antiquity inspired wild imagination.
Den genuint avgrunnsdype antikken inspirerte vill fantasi.
The strangeness hinted so potently at unopened and archaic vistas.
Det merkelige antydet så kraftig til uåpnede og arkaiske utsikter.
No recognized school of sculpture had animated this terrible object.
Ingen anerkjent skulpturskole hadde gitt liv til dette forferdelige objektet.
Yet centuries seemed recorded in the dim and greenish surface.
Likevel syntes århundrer å være nedtegnet i den dunkle og grønnaktige overflaten.
Perhaps thousands of years were hidden in this unplaceable stone.
Kanskje tusenvis av år var skjult i denne uplasserbare steinen.
The figurine was finally passed slowly from man to man.
Figuren ble til slutt sakte gitt fra mann til mann.
Each scientist carefully studied the strange markings of the stone.
Hver forsker studerte nøye de merkelige merkene på steinen.
The work was between seven and eight inches in height.
Verket var mellom syv og åtte tommer høyt.
And the exquisite artistic workmanship must be noted.
Og det utsøkte kunstneriske arbeidet må bemerkes.
The carvings represented a monster of vaguely anthropoid outline.
Utskjæringene forestilte et monster med vagt menneskelignende omriss.
On the face of the octopus-esque head was a mass of feelers.
På forsiden av det blekksprutlignende hodet var en masse følehorn.
Prodigious claws on hind and fore feet protruded from the body.
Enorme klør på bak- og forføtter stakk ut fra kroppen.

The bloated corpulence had a rubbery looking quality to it.
Den oppblåste fete kroppen hadde et gummiaktig utseende.
And from behind the rubbery body came out two narrow wings.
Og bak den gummiaktige kroppen kom det ut to smale vinger.
It would be instinctual to think of this thing as fearsome.
Det ville være instinktivt å tenke på denne tingen som fryktinngytende.
There was an unnatural malignancy to the aura of the creature.
Det var en unaturlig ondartethet i skapningens aura.
The gargantuan squatted evilly on a rectangular block.
Gigantuanen satte seg ondsinnet på huk på en rektangulær blokk.
The pedestal it was on was covered with undecipherable characters.
Sokkelen den sto på var dekket av uforståelige tegn.
The tips of the wings touched the back edge of the block.
Vingespissene berørte bakkanten av blokken.
The creature was sitting on the middle of the giant block.
Skapningen satt midt på den gigantiske blokken.
Its legs were doubled up under its monstrous body.
Beina dens var dobbelt opp under den uhyrlige kroppen.
The long, curved claws gripped the front edge of the cliff.
De lange, buede klørne grep tak i den fremre kanten av stupet.
The cephalopod head was bent forward, observing its kingdom.
Blæksprutens hode var bøyd fremover og observerte sitt rike.
The ends of the facial feelers brushed the backs of huge forepaws.
Endene av ansiktsfølerne strøk mot baksiden av enorme forpoter.
And the forepaws clasped the croucher's elevated knees.
Og forpotene klemte om den som satt på huk, de hevede knærne.
The appearance of the grotesque scene was abnormally lifelike.

Utseendet til den groteske scenen var unormalt livaktig.

But this lifelike quality only added a subtle reason to be more fearful.

Men denne livaktige kvaliteten ga bare en subtil grunn til å være mer redd.

Because we knew nothing about the source of the depiction.

Fordi vi ikke visste noe om kilden til skildringen.

The creature's vast, awesome, and incalculable age was unmistakable.

Skapningens enorme, ærefryktinngytende og uberegnelige alder var umiskjennelig.

But not one link did the depiction show with any known type of art.

Men ikke én eneste kobling viste avbildningen til noen kjent type kunst.

Not even the earliest civilizations made reference to this creature.

Ikke engang de tidligste sivilisasjonene refererte til denne skapningen.

But that is not the only point at which our knowledge failed us.

Men det er ikke det eneste punktet hvor kunnskapen vår sviktet oss.

***

The mineralogy of the stone was also a complete mystery.

Steinens mineralogi var også et komplett mysterium.

Gold specks dotted the soapy, greenish-black stone.

Gullflekker prikket den såpeaktige, grønnsvarte steinen.

Iridescent striations ran along the length of the stone.

Iriserende striper løp langs steinens lengde.

In short, the stone resembled nothing within mineralogy.

Kort sagt, steinen lignet ingenting innen mineralogi.

Geologists hadn't been able to identify the stone either.

Geologer hadde heller ikke klart å identifisere steinen.

The hieroglyphs along the stone were equally baffling.

Hieroglyfene langs steinen var like forvirrende.
The writing system was horribly different than other scripts.
Skrivesystemet var fryktelig annerledes enn andre skript.
A representation of half the world's leading experts was present.
En representasjon av halvparten av verdens ledende eksperter var til stede.
But no link to any known writing system could be established.
Men ingen kobling til noe kjent skriftsystem kunne etableres.
Everything frightfully suggested an old and unhallowed cycle of life.
Alt antydet skremmende en gammel og vanhellig livssyklus.
A history in which our world and our conceptions played no part.
En historie der vår verden og våre forestillinger ikke spilte noen rolle.
The experts shook their heads, admitting they had been defeated.
Ekspertene ristet på hodet og innrømmet at de hadde lidd tap.
But one expert did not give up quite so quickly.
Men én ekspert ga ikke opp så raskt.
He claimed to have a touch of bizarre familiarity with the subject.
Han hevdet å ha et snev av bisarr kjennskap til emnet.
The monstrous shape and writing weren't entirely new to him.
Den uhyrlige formen og skriften var ikke helt ny for ham.
With some diffidence he told of the odd trifle he knew.
Med en viss beskjedenhet fortalte han om den merkelige bagatellen han kjente til.
This person was the late William Channing Webb.
Denne personen var avdøde William Channing Webb.
He was professor of anthropology in Princeton University.
Han var professor i antropologi ved Princeton University.
And he was an explorer of no small significance.
Og han var en oppdagelsesreisende av ikke liten betydning.

***

Forty-eight years ago he was exploring Greenland and Iceland.

For førtiåtte år siden utforsket han Grønland og Island.

His group were in search of some Runic inscriptions.

Gruppen hans var på jakt etter noen runeinnskrifter.

But the expedition failed to unearth any inscriptions.

Men ekspedisjonen klarte ikke å avdekke noen inskripsjoner.

They trekked the heights of West Greenland's coasts.

De vandret til høydene langs Vest-Grønlands kyster.

Here they encountered a strange cult of degenerate Eskimos.

Her møtte de en merkelig kult av degenererte eskimoer.

Their religion consisted of a form of devil-worship.

Religionen deres besto av en form for djeveltilbedelse.

And their rituals were deliberately bloodthirsty and repulsive.

Og ritualene deres var bevisst blodtørstige og frastøtende.

It was a faith of which other Eskimos knew little.

Det var en tro som andre eskimoer visste lite om.

Locals shuddered at the mention of their practices.

Lokalbefolkningen skalv ved omtalen av praksisene deres.

They said their believes came from horribly ancient eons.

De sa at troen deres kom fra forferdelig gamle eoner.

A time before the world as we know it now had ever been made.

En tid før verden slik vi kjenner den i dag noen gang var skapt.

There were human sacrifices and queer hereditary rituals.

Det var menneskeofringer og skeive arvelige ritualer.

And all their worship was directed at a supreme tornasuk.

Og all deres tilbedelse var rettet mot en høyest rangerende tornasuk.

Professor Webb had taken a phonetic copy from an aged angekok.

Professor Webb hadde tatt en fonetisk kopi fra en eldre angekok.

He had transcribed the wizard-priest's chants as best he could.

Han hadde transkribert trollmannsprestens sanger så godt han kunne.

But currently these transcriptions weren't of prime significance.

Men for øyeblikket var ikke disse transkripsjonene av største betydning.

The cult had a cherished stone that they worshipped.

Kulten hadde en kjær stein som de tilba.

They danced wildly when the aurora leaped over the ice cliffs.

De danset vilt da nordlyset hoppet over isklippene.

And in the midst of their dance was the strange stone.

Og midt i dansen deres var den merkelige steinen.

It was, the professor stated, a very crude bas-relief of stone.

Det var, uttalte professoren, et svært grovt basrelieff av stein.

The stone comprised a hideous picture and some cryptic writing.

Steinen besto av et heslig bilde og noe kryptisk skrift.

And as far as he could tell this stone was a rough parallel.

Og så vidt han kunne bedømme, var denne steinen en grov parallell.

The stone had all the same essential features of bestial things.

Steinen hadde alle de samme essensielle trekkene hos bestialske vesener.

The scientists received this data with suspense and astonishment.

Forskerne mottok disse dataene med spenning og forbløffelse.

Even Inspector Legrasse had quickly gained an interest in mythology.

Selv inspektør Legrasse hadde raskt fått interesse for mytologi.

And he began at once to ply his informant with questions.

Og han begynte straks å overøse informanten sin med spørsmål.

He had notes of the oral ritual of the cult-worshipers in the swamp.

Han hadde notater fra kultdyrkernes muntlige ritualer i sumpen.

He besought the professor to remember the diabolist Eskimos' chants.

Han tryglet professoren om å huske de djevelske eskimoenes sanger.

There then followed an exhaustive comparison of details.

Deretter fulgte en uttømmende sammenligning av detaljer.

And there then followed a moment of really awed silence.

Og så fulgte et øyeblikk med virkelig ærefryktfull stillhet.

The Eskimo wizards and the Louisiana swamp-priests were worlds apart.

Eskimo-trollmennene og sumpprestene i Louisiana var helt forskjellige verdener.

And yet there was a phrase the two hellish rituals had in common.

Og likevel fantes det et uttrykk de to helvetesritualene hadde til felles.

"Ph'nglui mglw'nafh Cthulhu R'lyeh wgah'nagl fhtagn."

"Ph'nglui mglw'nafh Cthulhu R'lyeh wgah'nagl fhtagn."

***

Legrasse had one advantage over Professor Webb.

Legrasse hadde én fordel fremfor professor Webb.

He had spoken to several of his mongrel prisoners.

Han hadde snakket med flere av sine blandingsfanger.

Some of them had passed on the phrase's meaning.

Noen av dem hadde gitt betydningen av uttrykket videre.

"In his house at R'lyeh dead Cthulhu waits dreaming."

"I huset sitt i R'lyeh venter den døde Cthulhu og drømmer."

So the attention turned back to Inspector Legrasse.

Så vendte oppmerksomheten seg tilbake til inspektør Legrasse.

And he was probed with many disconnected questions.

Og han ble spurt om mange usammenhengende spørsmål.

He detailed his experience with the worshipers from the swamp.

Han beskrev sin erfaring med tilbederne fra sumpen.

My uncle attached profound significance to the story.

Onkelen min la stor vekt på historien.

The report savored of the wildest dreams of myth-makers.

Rapporten nøt av de villeste drømmer til myteskapere.

Theosophists could not have provided more imagination.

Teosofene kunne ikke ha bidratt med mer fantasi.

But the philosophies came from unexpected sources.

Men filosofiene kom fra uventede kilder.

Half-castes and pariahs told these fantastical stories.

Halvkaste og pariaer fortalte disse fantastiske historiene.

On November 1st, 1907, his chain of events unfolded.

1. november 1907 utspilte hendelsesforløpet hans seg.

The New Orleans police received desperate calls.

Politiet i New Orleans mottok desperate telefoner.

They were called to the swamp and lagoon country to the south.

De ble kalt til sump- og lagunelandet i sør.

The settlers there were mostly primitive, but good-natured.

Nybyggerne der var stort sett primitive, men godlynte.

Most living by the swamp were descendants of Lafitte's men.

De fleste som bodde ved sumpen var etterkommere av Lafittes menn.

But now they were in the grip of stark terror.

Men nå var de i grepet av alvorlig terror.

An unknown thing had stolen upon them in the night.

Noe ukjent hadde sneket seg inn på dem i løpet av natten.

It was voodoo, apparently, that caused the disturbance.

Det var visstnok voodoo som forårsaket forstyrrelsene.

But it was a voodoo unlike the other forms of voodoo.

Men det var en voodoo i motsetning til de andre formene for voodoo.

Voodoo of a more terrible sort than they had ever known.

Voodoo av en verre art enn de noen gang hadde kjent.

Some of their women and children had disappeared.

Noen av kvinnene og barna deres hadde forsvunnet.

A malevolent drumming had begun its incessant beating.

En ondsinnet tromming hadde begynt sin uopphørlige juling.

Far and deep within those dark, black haunted woods.

Langt og dypt inne i de mørke, svarte, hjemsøkte skogene.

There, where no dweller dared to ventured close to.

Dit, hvor ingen beboer turte å komme i nærheten.

There were insane shouts and harrowing screams.

Det var vanvittige rop og hjerteskjærende skrik.

Soul-chilling chants and dancing devil-flames.

Sjelekjølende sanger og dansende djevelflammer.

The messenger and his people could stand it no more.

Budbringeren og hans folk klarte ikke å holde det ut lenger.

A body of twenty police set out in the late afternoon.

En gruppe på tjue politimenn rykket ut sent på ettermiddagen.

And a shivering settler came with them as a guide.

Og en skjelvende nybygger fulgte med dem som guide.

***

At the end of the passable road they alighted.

Ved enden av den farbare veien steg de av.

For miles and miles they splashed on in silence.

Kilometervis plasket de videre i stillhet.

And they went on through the terrible cypress woods.

Og de fortsatte gjennom de forferdelige sypressskogene.

Dark, dark woods in which day but almost never came.

Mørke, mørke skoger der dagen men nesten aldri kom.

Ugly roots set traps for them in the wet ground.

Stygge røtter setter feller for dem i den våte jorden.

Malignant hanging nooses of Spanish moss beset them.

Ondsinnede hengende løkker av spansk mose omringet dem.

In the distance the settlement slowly came into sight.
I det fjerne kom bosetningen sakte til syne.
Hysterical dwellers ran out of the miserable huts.
Hysteriske beboere løp ut av de elendige hyttene.
They clustered around the group of bobbing lanterns.
De samlet seg rundt gruppen av duppende lykter.
Far, far ahead the cause of all the fear could be heard.
Langt, langt fremme kunne årsaken til all frykten høres.
The muffled beat of drums was now faintly audible.
Den dempede rytmen fra trommer var nå svakt hørbar.
At times the wind shifted and revealed different sounds.
Noen ganger snudde vinden og avslørte andre lyder.
Curdling shrieks were audible at infrequent intervals.
Ostefulle skrik var hørbare med sjelden mellomrom.
A reddish glare seemed to filter through the undergrowth.
Et rødlig skinn syntes å sive gjennom krattet.
The settlers were reluctant to be left alone again.
Nybyggerne var motvillige til å bli overlatt til seg selv igjen.
But they point blank refused to move forwards either.
Men de nektet blankt å gå videre heller.
So the inspector and his colleagues plunged on unguided.
Så kastet inspektøren og kollegene hans seg ut på egenhånd.
And they went into the black arcades of horror.
Og de gikk inn i skrekkens svarte arkader.
The region was one of traditionally evil repute.
Regionen hadde tradisjonelt et ondt rykte.
The lands were substantially unknown by white men.
Landene var i hovedsak ukjente for hvite menn.
Not many explorers had traversed those regions yet.
Ikke mange oppdagelsesreisende hadde reist gjennom disse
områdene ennå.
There were also legends of a hidden away lake.
Det fantes også legender om en skjult innsjø.
A body of water still unglimpsed by mortal sight.
Et vann fortsatt usett av dødelig syn.
In the lake it was said there dwelt a strange creature.
Det ble sagt at det bodde en merkelig skapning i innsjøen.

A huge, formless white polypous thing with luminous eye.

En enorm, formløs hvit polypøs ting med lysende øye.

And settlers whispered about bat-winged devils.

Og nybyggere hvisket om flaggermusvingede djevler.

They flew up out of caverns from the inner earth.

De fløy opp fra huler fra jordens indre.

And together the demons worship it at midnight.

Og sammen tilber demonene den ved midnatt.

They said it had been there before D'Iberville.

De sa at den hadde vært der før D'Iberville.

They said it had been there before La Salle too.

De sa at den hadde vært der før La Salle også.

They said it was there before the Native Americans.

De sa at den var der før de amerikanske urbefolkningen.

Perhaps it was even there before the wholesome beasts.

Kanskje den til og med var der før de sunne dyrene.

It was a nightmare itself that made men dream.

Det var et mareritt i seg selv som fikk menn til å drømme.

And to see the thing was the same as death.

Og å se tingen var det samme som døden.

And so they had enough warning to know to keep away.

Og dermed hadde de nok advarsel til å vite at de skulle holde seg unna.

Because it was indeed where they were warned it was.

Fordi det faktisk var der de ble advart om at det var.

The voodoo orgy was on the fringe of this abhorred area.

Voodoo-orgien var i utkanten av dette avskyelige området.

But the location was already bad enough by itself.

Men beliggenheten var allerede dårlig nok i seg selv.

The voodoo activities only added to the horror.

Voodoo-aktivitetene bidro bare til skrekken.

Perhaps poetry could do justice to the noises heard.

Kanskje poesien kunne yte lydene rettferdighet.

Otherwise only madness would help one understand.

Ellers ville bare galskap hjelpe en å forstå.

But Legrasse's plowed on through the black morass.

Men Legrasse har pløyd videre gjennom den svarte myrområdet.

The sound of the muffled drumming slowly crystalized.

Lyden av den dempede trommingen krystalliserte seg sakte.

And they continued steadily towards the red glare.

Og de fortsatte jevnt og trutt mot det røde gjenskinnet.

***

There are vocal qualities specific to men.

Det finnes vokale kvaliteter som er spesifikke for menn.

And there are vocal qualities specific to beasts.

Og det finnes vokale kvaliteter som er spesifikke for dyr.

It is terrible when one makes the sounds of the other.

Det er forferdelig når den ene lager lydene til den andre.

Animal fury freed them of their human restraint.

Dyrs raseri befridde dem fra deres menneskelige tvang.

Orgiastic license whipped them into demoniac heights.

Orgiastisk frihet pisket dem til demoniske høyder.

Howls that tore through those perpetually dark woods.

Hyl som rev gjennom de evig mørke skogene.

Squawking ecstasies that echoed in everyone's mind.

Skriende ekstaser som ga gjenlyd i alles sinn.

Sounds like pestilential tempests from the gulfs of hell.

Høres ut som pestfulle stormer fra helvetesbukter.

Now and then the less organized ululations would cease.

Nå og da opphørte de mindre organiserte ululasjonene.

A well-drilled chorus of hoarse voices rose in singsong.

Et veløvd kor av hese stemmer steg i syngende sang.

And they chanted that hideous phrase of their ritual.

Og de sang den heslige frasen fra ritualet sitt.

"Ph'nglui mglw'nafh Cthulhu R'lyeh wgah'nagl fhtagn"

"Ph'nglui mglw'nafh Cthulhu R'lyeh wgah'nagl fhtagn"

Then the men reached a spot where the trees were sparser.

Så kom mennene til et sted der trærne var glissene.

Suddenly they come in sight of the spectacle itself.

Plutselig kommer de i syne for selve skuet.

Four of them reeled from the horrible things they saw.
Fire av dem vaklet etter de forferdelige tingene de så.
One man fainted, and two were shaken into a frantic cry.
En mann besvimte, og to ble rystet og brast i et panisk gråt.
Fortunately their screams were not heard by other ears.
Heldigvis ble ikke skrikene deres hørt av andre ører.
The mad cacophony of the orgy deadened their screams.
Den vanvittige kakofonien fra orgien dempet skrikene deres.
Legrasse splashed swamp water on the fainting man.
Legrasse sprutet sumpvann på den besvimte mannen.
They stood up again, but nearly hypnotized with horror.
De reiste seg igjen, men nesten hypnotiserte av redsel.
In a natural glade of the swamp stood a grassy island.
I en naturlig lysning i sumpen sto en gresskledd øy.
The grassy island extended perhaps for an acre.
Den gresskledde øya strakte seg kanskje over en mål.
And the area was clear of trees and tolerably dry.
Og området var fritt for trær og tålelig tørt.
A horde of human abnormality leaped and twisted.
En horde av menneskelig abnormalitet sprang og vred seg.
No Sime could paint what the men were seeing.
Ingen Sime kunne male det mennene så.
No Angarola has ever painted such an indescribable scene.
Ingen Angarola har noen gang malt en så ubeskrivelig scene.
The hybrid spawn made a monstrous ring-shaped bonfire.
Hybrid-gyten laget et uhyrlig ringformet bål.
They brayed bellowed and writhed about in their nudity.
De brølte, brølte og vred seg rundt i sin nakenhet.
Occasionally there were rifts in the curtain of flame.
Av og til var det rifter i flammeteppet.
And there the object of their worship revealed itself.
Og der åpenbarte seg gjenstanden for deres tilbedelse.
In the midst of the fire stood a great granite monolith.
Midt i bålet sto en stor granittmonolitt.
The stone structure was only about eight feet in height.
Steinkonstruksjonen var bare omtrent åtte fot høy.
And the noxious carven statuette rested on the monolith.

Og den skadelige utskårne statuetten hvilte på monolitten.
The idle was almost incongruous in its diminutiveness.
Tomgangen var nesten inkongruent i sin diminutivitet.
Spaced evenly, scaffolds had been erected around the fire.
Stillaser var reist jevnt fordelt rundt bålet.
From the scaffolding hung a number of marred bodies.
Fra stillaset hang en rekke skadde lik.
The bodies of those that had disappeared from nearby.
Likene av de som hadde forsvunnet fra nærheten.
It was inside this circle the ring of worshipers were.
Det var innenfor denne sirkelen ringen av tilbedere befant seg.
And they roared and jumped in the frantic trance.
Og de brølte og hoppet i den hektiske transen.
The general direction of the motion was anti-clockwise.
Bevegelsens generelle retning var mot klokken.
The ring of bodies circling around the ring of fire.
Ringen av kropper som sirkler rundt ildringen.
One man recollected other details even more concerning.
En mann husket andre detaljer som var enda mer
bekymringsverdige.
But perhaps the echoes induced him to hear other things.
Men kanskje ekkoene fikk ham til å høre andre ting.
He fancied he heard antiphonal responses to the ritual.
Han innbilte seg at han hørte antifonale svar på ritualet.
Noises from an unillumined spot deeper within the woods.
Lyder fra et uopplyst sted dypere inne i skogen.
This man, Joseph D. Galvez, I later met and questioned.
Denne mannen, Joseph D. Galvez, møtte jeg senere og avhørte
ham.
And he proved to indeed be distractingly imaginative.
Og han viste seg faktisk å være distraherende fantasifull.
He even hinted at the faint beating of great wings.
Han hintet til og med om den svake slagingen fra store vinger.
And he suggested there was a glimpse of shining eyes.
Og han antydet at det var et glimt av skinnende øyne.
**And beyond the trees, a mountainous white bulk of
something.**

Og bak trærne, en fjellaktig hvit masse av noe.
I suppose he had heard too much native superstition.
Jeg antar at han hadde hørt for mye innfødt overtro.
But actually the horrified pause was relatively brief.
Men faktisk var den forferdede pausen relativt kort.
Duty came first, and they had come to do a job.
Plikten kom først, og de hadde kommet for å gjøre en jobb.

***

There must have been nearly a hundred mongrel celebrants.
Det må ha vært nesten hundre blandingsfeirere.
But the police were able to rely on their firearms.
Men politiet kunne stole på skytevåpnene sine.
And they plunged determinedly into the nauseous rout.
Og de stupte bestemt ut i den kvalmende flukten.
For five minutes the chaotic din was beyond description.
I fem minutter var den kaotiske larmen ubeskrivelig.
Wild blows were struck and shots were fired.
Det ble slått ville slag og avfyrt skudd.
Some escaped arrest by running into the darkness.
Noen unnslapp arrestasjonen ved å løpe inn i mørket.
They had a better knowledge of the layout of the swamp.
De hadde bedre kunnskap om sumpens utforming.
But Legrasse and his men caught around half of them.
Men Legrasse og mennene hans fanget rundt halvparten av
dem.
And they counted around forty-seven sullen prisoners.
Og de telte rundt førtisju mutte fanger.
They were forced to put on their clothes again.
De ble tvunget til å ta på seg klærne igjen.
And they fell into line between two rows of policemen.
Og de stilte seg opp i kø mellom to rader med politimenn.
Five of the worshipers lay dead by the fire.
Fem av de troende lå døde ved bålet.
Two severely wounded prisoners were carried away.
To hardt sårede fanger ble ført bort.

Of course the image on the monolith was removed.
Selvfølgelig ble bildet på monolitten fjernet.
Legrasse himself took the evidence to the police station.
Legrasse selv tok bevisene med til politistasjonen.
The trip back to the headquarters was of intense strain.
Turen tilbake til hovedkvarteret var svært påkjenningsfull.
The men were examined when they got back to civilization.
Mennene ble undersøkt da de kom tilbake til sivilisasjonen.
The prisoners all proved to be men of a very low type.
Fangene viste seg alle å være menn av en svært lav type.
They were all mixed-blooded, and mentally aberrant.
De var alle blandede og mentalt avvikende.
Most were seamen by trade, or some similar professions.
De fleste var sjømenn av yrke, eller lignende yrker.
Negroes and mulattoes were sprinkled among them.
Negre og mulatter var strødd blant dem.
But most seemed to be West Indians or Brava Portuguese.
Men de fleste så ut til å være vestindere eller brava-
portugisere.
They primarily came from the Cape Verde Islands.
De kom hovedsakelig fra Kapp Verde-øyene.
They gave the heterogeneous cult a coloring of voodooism.
De ga den heterogene kulten en farge av voodooisme.
But there wasn't even a need to ask too many questions.
Men det var ikke engang nødvendig å stille for mange
spørsmål.
The conclusion quickly became manifest by itself.
Konklusjonen ble raskt åpenbar av seg selv.
Something far deeper than negro fetishism was involved.
Noe langt dypere enn negerfetisjisme var involvert.
Although ignorant, but their story was consistent.
Selv om de var uvitende, var historien deres konsistent.
The creatures all spoke of the same central idea.
Alle skapningene snakket om den samme sentrale ideen.
They certainly all shared the same loathsome faith.
De delte utvilsomt alle den samme avskyelige troen.
They worshiped, so they said, the great old ones.

De tilba, sa de, de store gamle.
The great old ones lived long before there were any men.
De store gamle levde lenge før det fantes noen menn.
And they came to the young world out of the sky.
Og de kom til den unge verden fra himmelen.
Those old ones were now gone, they explained.
De gamle var nå borte, forklarte de.
They were now inside the earth and under the sea.
De var nå inne i jorden og under havet.
But their dead bodies found ways to tell their secrets.
Men likene deres fant måter å fortelle hemmelighetene sine på.
They whispered into the dreams of the first men.
De hvisket inn i drømmene til de første mennene.
And the first men formed a cult which has never died.
Og de første mennene dannet en kult som aldri har dødd.

***

The cult had always existed, and always would exist.
Kulten hadde alltid eksistert, og ville alltid eksistere.
Their followers were hidden in wastes all over the world.
Tilhengerne deres var gjemt i ødemarker over hele verden.
Their followers were in dark places explorers overlooked.
Tilhengerne deres befant seg på mørke steder som oppdagelsesreisende oversett.
And they would remain hidden until they were called.
Og de ville forbli skjult inntil de ble tilkalt.
When the great priest Cthulhu rises again to the surface.
Når den store presten Cthulhu stiger opp til overflaten igjen.
When Cthulhu brings the earth again beneath his sway.
Når Cthulhu bringer jorden under sitt herredømme igjen.
When Cthulhu leaves from his dark house in the mighty city of R'lyeh.
Når Cthulhu drar fra sitt mørke hus i den mektige byen R'lyeh.
Some day he was going call, when the stars were ready.

En dag skulle han ringe, når stjernene var klare.
And the secret cult will always be waiting to liberate him.
Og den hemmelige kulten vil alltid vente på å befri ham.
Meanwhile, no more of his story must be told.
I mellomtiden må ikke mer av historien hans fortelles.
There was a secret even torture could not extract.
Det var en hemmelighet som ikke engang tortur kunne avdekke.
Mankind was not alone among the conscious things of earth.
Menneskeheten var ikke alene blant de bevisste tingene på jorden.
Because shapes came out of the dark to visit the faithful few.
Fordi skikkelser kom ut av mørket for å besøke de få trofaste.
But these were not the great old ones.
Men dette var ikke de store gamle.
No man had ever seen the great old ones.
Ingen mann hadde noen gang sett de store gamle.
The carven idol was of great Cthulhu.
Det utskårne idolet var av den store Cthulhu.
None could say whether the others were like him.
Ingen kunne si om de andre var som ham.
No one could read the old writing now.
Ingen kunne lese den gamle skriften nå.
Instead, things were told by word of mouth.
I stedet ble ting fortalt via jungeltelegrafen.
The chanted ritual was not the secret.
Det messingede ritualet var ikke hemmeligheten.
The secret was never spoken aloud, only whispered.
Hemmeligheten ble aldri sagt høyt, bare hvisket.
The chant meant one thing, and one thing alone:
Sangen betydde én ting, og bare én ting:
"In his house at R'lyeh dead Cthulhu waits dreaming."
"I huset sitt i R'lyeh venter den døde Cthulhu og drømmer."
Only two of the prisoners were found sane enough to be hanged.
Bare to av fangene ble funnet tilregnelige nok til å bli hengt.
The rest of them were committed to various institutions.

Resten av dem var tilknyttet forskjellige institusjoner.
All denied to have taken any part in the ritual murders.
Alle nektet for å ha deltatt i de rituelle drapene.
They said the killing had been done by something else.
De sa at drapet hadde blitt utført av noe annet.
"The black-winged ones," the each insisted, separately.
«De svartvingede», insisterte de hver for seg.
They had come to them from their immemorial meeting-place.
De hadde kommet til dem fra deres uminnelige møtested.
They had arisen out from the haunted woodlands.
De hadde reist seg fra de hjemsøkte skogene.
But the stories of mysterious allies were inconsistent.
Men historiene om mystiske allierte var inkonsekvente.

***

What the police did extract came mainly from one man.
Det politiet fant ut kom hovedsakelig fra én mann.
An immensely aged mestizo named Castro.
En umåtelig eldre mestizo ved navn Castro.
He claimed to have sailed to strange ports.
Han hevdet å ha seilt til fremmede havner.
And he said he had been to the mountains of China.
Og han sa at han hadde vært i fjellene i Kina.
There he talked with undying leaders of the cult.
Der snakket han med kultens udødelige ledere.
Old Castro remembered bits of hideous legend.
Gamle Castro husket biter av en grusom legende.
His legends paled the speculations of theosophists.
Legendene hans bleknet teosofernes spekulasjoner.
His stories made man seem like a recent creation.
Historiene hans fikk mennesket til å virke som en ny skapning.
Even the world was transient in his account of things.
Selv verden var forgjengelig i hans beretning om ting.
There had been eons when other Things ruled on the earth.

Det hadde vært eoner da andre ting hersket på jorden.
And they had had great cities here on the earth.
Og de hadde hatt store byer her på jorden.
The deathless Chinamen told him reserved secrets.
De udødelige kineserne fortalte ham forbeholdne hemmeligheter.
He had told him their ruins could still be found.
Han hadde fortalt ham at ruinene deres fortsatt kunne finnes.
There were still Cyclopean stones on islands in the Pacific.
Det fantes fortsatt kyklopiske steiner på øyer i Stillehavet.
They all died vast epochs of time before man came.
De døde alle lange tidsperioder før mennesket kom.
But there were knowledges and practices in ancients arts.
Men det fantes kunnskap og praksis i antikkens kunst.
Special rituals which could revive them again, in time.
Spesielle ritualer som kunne gjenopplive dem med tiden.
In the cycle of eternity their return was inevitable.
I evighetens syklus var deres tilbakekomst uunngåelig.
When the stars come round again to the right positions
Når stjernene kommer tilbake til de riktige posisjonene
They had, indeed themselves come from the stars.
De hadde faktisk selv kommet fra stjernene.
"These great old ones," Castro continued.
«Disse flotte gamle,» fortsatte Castro.
They were not composed entirely of flesh and blood.
De var ikke utelukkende sammensatt av kjøtt og blod.
They had shape," Castro insisted, confidently.
«De hadde form», insisterte Castro selvsikkert.
And he had strange proof for what he believed.
Og han hadde merkelige bevis for det han trodde.
But the shape they took on was not made of matter.
Men formen de tok var ikke laget av materie.
When the stars were in their right positions.
Da stjernene var i sine rette posisjoner.
Then they could plunge from one world to another.
Så kunne de kaste seg fra en verden til en annen.
Because they can move themselves through the sky.

Fordi de kan bevege seg gjennom himmelen.
But when the stars were wrong, they cannot live.
Men når stjernene tok feil, kan de ikke leve.
And it is true that they no longer live like we do.
Og det er sant at de ikke lenger lever slik som oss.
But despite that, they never really die either.
Men til tross for det, dør de aldri egentlig heller.
They rest in stone houses in their great city of R'lyeh.
De hviler i steinhus i sin store by R'lyeh.
They are preserved by the spells of mighty Cthulhu.
De er bevart av den mektige Cthulhus trolldom.
So there they lie, unaffected by the passing of time.
Så der ligger de, upåvirket av tidens gang.
And they wait for another glorious resurrection.
Og de venter på nok en strålende oppstandelse.
When the stars and earth are ready for them again.
Når stjernene og jorden er klare for dem igjen.
But they are still dependent on an outside force.
Men de er fortsatt avhengige av en ytre kraft.
A force from outside served to liberate their bodies.
En kraft utenfra tjente til å frigjøre kroppene deres.
The spells preserved them and kept them intact.
Formlene bevarte dem og holdt dem intakte.
But the spells also kept them from breaking free.
Men trolldommene hindret dem også i å rive seg løs.
So they could only lie awake in the dark and think.
Så de kunne bare ligge våkne i mørket og tenke.

***

In the meantime uncounted millions of years rolled by.
I mellomtiden rullet utallige millioner av år forbi.
They knew all that was occurring in the universe.
De visste alt som foregikk i universet.
Because their mode of speech was transmitted thought.
Fordi deres talemåte var overført tanke.
Even now they were talking in their tombs.

Selv nå snakket de sammen i gravene sine.
Then, after infinities of chaos, the first men came.
Så, etter uendelig kaos, kom de første mennene.
The great old ones spoke to the sensitive among them.
De store gamle talte til de følsomme blant dem.
They spoke to them by molding their dreams.
De talte til dem ved å forme drømmene deres.
Only that way could their language reach the fleshly minds of mammals.
Bare på den måten kunne språket deres nå pattedyrenes kjødelige sinn.
Then, whispered Castro, those first men formed the cult.
Så, hvisket Castro, dannet de første mennene kulten.
They organized themselves around small idols.
De organiserte seg rundt små idoler.
The small idols which the great ones had shown them.
De små avgudene som de store hadde vist dem.
Idols brought from dim eras from dark stars.
Avguder brakt fra dunkle epoker fra mørke stjerner.
That cult would never die till the stars came right again.
Den kulten ville aldri dø før stjernene ble rette igjen.
The secret priests were going to take great Cthulhu from His tomb.
De hemmelige prestene skulle ta den store Cthulhu fra graven hans.
And they were going to revive His subjects.
Og de skulle gjenopplive Hans undersåtter.
And then Cthulhu was going to resume His rule of earth.
Og så skulle Cthulhu gjenoppta sitt herredømme over jorden.
The right time was going to reveal itself quite clearly.
Det rette tidspunktet skulle vise seg ganske tydelig.
At that time mankind will have become as the great old ones.
På den tiden vil menneskeheten ha blitt som de store gamle.
They will be free and wild and beyond good and evil.
De vil være frie og ville og hinsides godt og ondt.
Laws and morals are going to be thrown aside.

Lover og moral vil bli kastet til side.
All men will be shouting and killing and reveling in joy.
Alle menn skal rope og slå ihjel og fryde seg.
Then the liberated old ones will teach them the new ways.
Så vil de frigjorte gamle lære dem de nye veiene.
New ways to shout and kill and revel and enjoy.
Nye måter å rope og drepe og fryde seg og nyte på.
And all the earth will flame with a holocaust of ecstasy and freedom.
Og hele jorden skal flamme av et brennende offer av ekstase og frihet.
Meanwhile the cult had to practice the appropriate rites.
I mellomtiden måtte kulten praktisere de passende ritualene.
They had to keep alive the memory of those ancient ways.
De måtte holde minnet om disse gamle skikkene levende.
And they had to shadow forth the prophecy of their return.
Og de måtte skygge for profetien om sin tilbakekomst.
In the elder time chosen men spoke with the entombed Old Ones.
I eldre tid talte utvalgte menn med de begravede Gamle.
The entombed Old Ones spoke to them in their dreams.
De begravede Gamle talte til dem i drømmene deres.
But then something disturbed their means of communication.
Men så forstyrret noe kommunikasjonsmidlene deres.
The great stone in the city R'lyeh had sunk beneath the waves.
Den store steinen i byen R'lyeh hadde sunket under bølgene.
And the monoliths and sepulchers were beneath the waters.
Og monolittene og gravene var under vannet.
Deep waters full of the one primal mystery.
Dypt vann fullt av det ene primære mysteriet.
Waters through which not even thought can pass.
Vann som ikke engang tanken kan passere gjennom.
Water that cut off their spectral communication.
Vann som kuttet av deres spektrale kommunikasjon.
But the memory of the rites and rituals never died.

Men minnet om ritualene og ritualene døde aldri.
And high priests said that the city would rise again.
Og yppersteprestene sa at byen skulle reise seg igjen.
When the stars were right Cthulhu was going to return.
Når stjernene sto riktig, skulle Cthulhu komme tilbake.
The moldy black spirits of the earth will come out again.
Jordens mugne, svarte ånder vil komme frem igjen.
Shadowy black spirits full of dim rumors.
Skyggefulle, svarte ånder fulle av dunkle rykter.

***

The spirits collected in caverns beneath forgotten sea-bottoms.
Åndene samlet seg i huler under glemte havbunner.
But of those spirits old Castro dared not speak much.
Men om disse åndene turte ikke gamle Castro å si mye.
And he hurriedly cut himself off from the topic.
Og han avbrøt seg raskt fra emnet.
No amount of persuasion could elicit more in this direction.
Ingen mengde overtalelse kunne fremkalle mer i denne retningen.
No subtlety could convince him to speak of those spirits.
Ingen subtilitet kunne overbevise ham om å snakke om disse åndene.
The size of the old ones, too, he curiously declined to mention.
Størrelsen på de gamle nektet han også nysgjerrig nok å nevne.
And of the cult he spoke very little too.
Og om kulten snakket han også svært lite.
He thought the center lay amid the pathless deserts of Arabia.
Han trodde sentrum lå midt i Arabias stiløse ørkener.
There in Irem, the City of Pillars, dreams hidden and untouched.
Der i Irem, søylebyen, drømmer skjult og urørt.

This cult was not allied to the European witch-cult.
Denne kulten var ikke alliert med den europeiske heksekulten.
And the cult was virtually unknown beyond its members.
Og kulten var så godt som ukjent utover medlemmene.
No book had ever really hinted of their knowledge.
Ingen bok hadde noen gang antydet deres kunnskap.
Though the deathless Chinamen said the mad Arab Abdul Alhazred came close.
Selv om de udødelige kineserne sa at den gale araberen Abdul Alhazred var nær.
He said that there were double meanings in his Necronomicon.
Han sa at det var dobbeltbetydninger i hans Necronomicon.
The initiated were free to read it if they wanted to.
De innviede sto fritt til å lese den hvis de ville.
And they should pay attention to one couplet in particular.
Og de bør være spesielt oppmerksomme på én kobling.
"That which is not dead can sleep for eternity,"
«Det som ikke er dødt, kan sove i all evighet»
"And with strange eons even death may die."
"Og med merkelige eoner kan til og med døden dø."
Legrasse had been deeply impressed by what he heard.
Legrasse hadde blitt dypt imponert over det han hørte.
And he was not a little bewildered by the tale.
Og han ble ikke lite forvirret av historien.
He inquired in vain about the historic affiliations of the cult.
Han spurte forgjeves om kultens historiske tilknytning.
Castro, apparently, had told the truth about the oath of secrecy.
Castro hadde tydeligvis fortalt sannheten om taushetseden.
The authorities at Tulane University could not offer much help either.
Myndighetene ved Tulane University kunne heller ikke tilby mye hjelp.
The were not able to shed no light upon neither cult, nor the image.
De klarte ikke å kaste lys over verken kulten eller bildet.

And now the detective had come to the highest authorities in the country.
Og nå hadde detektiven kommet til de høyeste myndighetene i landet.
And he heard none other than Professor Webb' tale in Greenland.
Og han hørte ingen annen enn professor Webbs historie på Grønland.

***

Legrasse's tale aroused feverish interest at the meeting.
Legrasses historie vakte feberaktig interesse på møtet.
The story was not only significant in its implications.
Historien var ikke bare betydningsfull i sine implikasjoner.
But the story was also corroborated by the statuette.
Men historien ble også bekreftet av statuetten.
The excitement echoed in the subsequent correspondence.
Spenningen ga gjenlyd i den påfølgende korrespondansen.
Those who attended stayed in close contact with each other.
De som var til stede holdt tett kontakt med hverandre.
Although scant mention occurs in the formal publications.
Selv om det sjelden nevnes i formelle publikasjoner.
Caution is the first care of those accustomed to charlatanry.
Forsiktighet er den første omsorgen de som er vant til sjarlataneri bør ta.
Impostures are kept out as much as it is possible.
Svik holdes unna så mye som mulig.
Legrasse for some time lent the image to Professor Webb.
Legrasse lånte en stund bildet til professor Webb.
But at the latter's death the image was returned to him.
Men ved sistnevntes død ble bildet returnert til ham.
And the image remains in Legrasse's possession.
Og bildet forblir i Legrasses besittelse.
This is where I viewed the terrible image not long ago.
Det var her jeg så det forferdelige bildet for ikke lenge siden.
The image is unmistakably akin to Wilcox' dream-sculpture.

Bildet er umiskjennelig beslektet med Wilcox'
drømmeskulptur.
It was no wonder my uncle was so excited by his tale.
Det var ikke rart at onkelen min var så begeistret for historien
hans.
And I'm not surprised he made the efforts he made.
Og jeg er ikke overrasket over at han gjorde den innsatsen han
gjorde.
He had heard everything Legrasse knew of the cult.
Han hadde hørt alt Legrasse visste om kulten.
And the strange cultish dreams of a sensitive young man.
Og de merkelige kultlignende drømmene til en følsom ung
mann.
The bas-relief just like the one from the swamp.
Basrelieffet akkurat som det fra sumpen.
The addition of the devil tablet in Greenland.
Tilføyelsen av djeveltavlen på Grønland.
The exact same words used in three remote occurrences.
Nøyaktig de samme ordene brukt i tre avsidesliggende
forekomster.
**The Eskimo diabolists, the mongrels in Louisiana, and then
Wilcox.**
Eskimo-djevelerne, blandingsdyrene i Louisiana, og så Wilcox.
What other conclusion could one possibly have come to?
Hvilken annen konklusjon kunne man muligens ha kommet
til?
It's only natural Professor Angel pursued this conclusion.
Det er bare naturlig at professor Angel fulgte denne
konklusjonen.
And I wouldn't have expected him to be less thorough.
Og jeg hadde ikke forventet at han skulle være mindre
grundig.
My great-uncle was a man of principled academic rigor.
Min grandonkel var en mann med prinsippfast akademisk
stringens.
Though privately I also had other plausible theories.
Selv om jeg privat også hadde andre plausible teorier.

I suspected young Wilcox of having heard of the cult.
Jeg mistenkte at unge Wilcox hadde hørt om kulten.
Maybe he had heard of the cult in some indirect way.
Kanskje han hadde hørt om kulten på en indirekte måte.
He could easily have invented a series of dreams.
Han kunne lett ha diktet opp en rekke drømmer.
That way he could heighten and continue the mystery.
På den måten kunne han forsterke og fortsette mysteriet.
The dream-narratives and cuttings collected did of course corroborate.
Drømmefortellingene og utklippene som ble samlet inn bekreftet selvfølgelig dette.
But the rationalism of my mind had not yet been satisfied.
Men rasjonalismen i sinnet mitt var ennå ikke tilfredsstilt.
Coincidences can form highly believable illusions too.
Tilfeldigheter kan også skape svært troverdige illusjoner.
And we have to bear in mind the extravagance of the whole subject.
Og vi må huske på ekstravagansen i hele emnet.
So I was led to adopt what I thought the most sensible conclusions.
Så jeg ble ledet til å ta det jeg anså som de mest fornuftige konklusjonene.
I thoroughly studied the manuscript from the beginning.
Jeg studerte manuskriptet grundig fra starten av.
And I correlated the theosophical and anthropological notes.
Og jeg korrelerte de teosofiske og antropologiske notatene.
I compared the literature with the cult narrative of Legrasse.
Jeg sammenlignet litteraturen med kultfortellingen til Legrasse.
I made a trip to Providence to see the sculptor.
Jeg tok en tur til Providence for å se skulptøren.
And I intended to give him the rebuke I thought proper.
Og jeg hadde til hensikt å gi ham den irettesettelsen jeg syntes var passende.
There must be consequences, I felt, for the trick he played.
Det måtte bli konsekvenser, følte jeg, for trikset han spilte.

He had boldly imposed himself upon a learned and aged
man.
Han hadde modig påtvunget seg en lærd og gammel mann.

***

Wilcox still lived alone where my uncle had met him.
Wilcox bodde fortsatt alene der onkelen min hadde møtt ham.
In the Fleur-de-Lys Building in Thomas Street.
I Fleur-de-Lys-bygningen i Thomas Street.
A hideous Victorian imitation of Seventeenth Century
Breton architecture.
En heslig viktoriansk etterligning av bretonsk arkitektur fra
det syttende århundre.
The building flaunted its stuccoed front amidst its
surroundings.
Bygningen stolte av sin stukkaturfasade blant omgivelsene.
There were lovely Colonial houses on the ancient hill.
Det var vakre koloniale hus på den gamle åsen.
And the house stood under the shadow of the finest
Georgian steeple in America.
Og huset sto i skyggen av det fineste georgianske spiret i
Amerika.
I found him at work in his rooms, among his sculptures.
Jeg fant ham i arbeid på rommene sine, blant skulpturene
hans.
The specimens scattered came from a very unique mind.
Prøvene som ble spredt kom fra et helt unikt sinn.
At once I conceded that his genius is indeed profound and
authentic.
Med en gang innrømmet jeg at hans genialitet virkelig er dyp
og autentisk.
He has crystallized in clay that which Arthur Machen evokes
in prose.
Han har krystallisert i leire det Arthur Machen fremkaller i
prosa.

He mirrored in marble the nightmares Clark Ashton Smith put to canvas.

Han speilet i marmor marerittene Clark Ashton Smith la til på lerretet.

He will, I believe, be spoken of one day as one of the great decadents.

Jeg tror han en dag vil bli omtalt som en av de store dekadentene.

He was dark, frail, and somewhat unkempt in aspect.

Han var mørk, skrøpelig og noe ustelt av utseende.

He turned languidly at my knock on his door.

Han snudde seg sløvt da jeg banket på døren.

He didn't rise from his seat when I came in.

Han reiste seg ikke fra stolen sin da jeg kom inn.

And he asked me what the purpose of my visit was.

Og han spurte meg hva hensikten med besøket mitt var.

When I told him who I was his interest was piqued.

Da jeg fortalte ham hvem jeg var, ble interessen hans vakt.

My uncle had excited his curiosity by probing his strange dreams.

Onkelen min hadde vekket nysgjerrigheten hans ved å undersøke de merkelige drømmene hans.

Although he had never explained the reason for the study.

Selv om han aldri hadde forklart årsaken til studien.

I did not enlarge his knowledge in this regard.

Jeg utvidet ikke kunnskapen hans på dette området.

But I sought with some subtlety to gain his confidence.

Men jeg forsøkte med en viss subtilitet å vinne hans tillit.

In a short time I became convinced of his absolute sincerity.

På kort tid ble jeg overbevist om hans absolutte oppriktighet.

He spoke of the dreams in a manner none could mistake.

Han snakket om drømmene på en måte ingen kunne ta feil av.

His dreams' subconscious residuum had influenced his art profoundly.

Drømmenes underbevisste rester hadde påvirket kunsten hans dyptgående.

He showed me a morbid statue of the likes I had never seen
before.
Han viste meg en morbid statue av en slags jeg aldri hadde
sett før.
The statue's contours almost made me shake with fear.
Statuens konturer fikk meg nesten til å skjelve av frykt.
The potency of the statue's black suggestion was
overbearing.
Styrken i statuens svarte forslag var overbærende.
He could not recall having seen the original of this thing.
Han kunne ikke huske å ha sett originalen av denne tingen.
But the statue was inspired by his own dream bas-relief.
Men statuen var inspirert av hans eget drømmebasrelieff.
The outlines had formed themselves insensibly under his
hands.
Omrissene hadde formet seg umerkelig under hendene hans.
It was, no doubt, the giant shape he had raved of in
delirium.
Det var uten tvil den gigantiske skikkelsen han hadde snakket
om i delirium.
That he really knew nothing of the hidden cult he soon
made clear.
At han egentlig ikke visste noe om den skjulte kulten, gjorde
han snart klart.
Only my uncle's relentless catechism had given him some
clues.
Bare onkels nådeløse katekisme hadde gitt ham noen
ledetråder,
And again I strove to explain the obvious conclusions away.
Og igjen forsøkte jeg å bortforklare de åpenbare
konklusjonene.
How he could possibly have received the weird
impressions?
Hvordan kunne han ha fått de merkelige inntrykkene?
He talked of his dreams in a strangely poetic fashion.
Han snakket om drømmene sine på en merkelig poetisk måte.

He made me see with terrible vividness the vistas of his dream.
Han fikk meg til å se drømmenes utsikter med forferdelig livaktighet.
The damp Cyclopean city of slimy green stone.
Den fuktige kyklopiske byen av slimete grønn stein.
The geometry he oddly said, was all wrong.
Geometrien han merkelig nok sa, var helt feil.
And he spoke of what he heard with frightened expectancy.
Og han snakket om det han hørte med skremmende forventning.
The ceaseless, half-mental calling from underground:
Det uopphørlige, halvt mentale kallet fra undergrunnen:
"Cthulhu fhtagn... Cthulhu fhtagn"
"Cthulhu fhtagn ... Cthulhu fhtagn"
These words had formed part of that dreaded ritual.
Disse ordene hadde vært en del av det fryktede ritualet.
The ritual the told of dead Cthulhu's dream-vigil.
Ritualet fortalte om den døde Cthulhus drømmevåke.
The ritual that told of his stone vault at R'lyeh.
Ritualet som fortalte om steinhvelvet hans i R'lyeh.
And I felt deeply moved, despite my rational beliefs.
Og jeg følte meg dypt rørt, til tross for mine rasjonelle overbevisninger.
Wilcox, I was sure, had heard of the cult in some casual way.
Jeg var sikker på at Wilcox hadde hørt om kulten på en eller annen tilfeldig måte.
He spent his time in a mass of equally weird literature.
Han tilbrakte tiden sin i en mengde like merkelig litteratur.
He must have forgotten the source of his knowledge.
Han må ha glemt kilden til kunnskapen sin.
Later the cult had found subconscious expression in his dreams.
Senere hadde kulten funnet underbevisst uttrykk i drømmene hans.
But this is natural when stories are so impressive.
Men dette er naturlig når historier er så imponerende.

Finally the cult's ideas manifested themselves in the bas-relief.

Til slutt manifesterte kultens ideer seg i basrelieffet.

And now the subject of the cult manifested itself in the terrible statue.

Og nå manifesterte kultens tema seg i den forferdelige statuen.

I was convinced his imposture upon my uncle had been very innocent.

Jeg var overbevist om at bedrageriet hans mot onkelen min hadde vært svært uskyldig.

He both slightly affected, and slightly ill-mannered.

Han var både litt påvirket og litt uoppdragen.

He had a disposition which I could never like.

Han hadde et gemytt som jeg aldri ville likt.

But I was willing enough now to admit his genius.

Men jeg var villig nok nå til å innrømme hans genialitet.

And I have no way of denying his honesty either.

Og jeg har ingen måte å benekte ærligheten hans på heller.

Despite my initial feelings, I took leave of him amicably.

Til tross for mine første følelser, tok jeg farvel med ham i vennskap.

And I wish him all the success his talent promises.

Og jeg ønsker ham all den suksessen talentet hans lover.

***

The matter of the cult continued to fascinate me.

Spørsmålet om kulten fortsatte å fascinere meg.

At times I had visions of the personal fame I could attain.

Til tider hadde jeg visjoner om den personlige berømmelsen jeg kunne oppnå.

I visited New Orleans and talked with Legrasse.

Jeg besøkte New Orleans og snakket med Legrasse.

And I spoke with other policemen of that swamp raid.

Og jeg snakket med andre politimenn om sumprazziaen.

I saw the frightful image with my own eyes.

Jeg så det skremmende bildet med mine egne øyne.

**And I even questioned some of the surviving mongrel
prisoners.**

Og jeg avhørte til og med noen av de overlevende
blandingsfangene.

Old Castro, unfortunately, had been dead for some years.

Gamle Castro hadde dessverre vært død i noen år.

**What I now heard so graphically at first hand excited me
afresh.**

Det jeg nå hørte så malende fra første hånd, begeistret meg på
nytt.

Though it was really no more than a detailed confirmation.

Selv om det egentlig ikke var mer enn en detaljert bekreftelse.

What they told me I had already read in my uncle's notes.

Det de fortalte meg hadde jeg allerede lest i onkelens notater.

I felt sure that I was on the track of a very real secret.

Jeg var sikker på at jeg var på sporet av en veldig reell
hemmelighet.

**And I was sure I was going to discover a very ancient
religion.**

Og jeg var sikker på at jeg kom til å oppdage en veldig
gammel religion.

The discovery would make me an anthropologist of note.

Oppdagelsen ville gjøre meg til en antropolog av betydning.

My attitude was still one of absolute rational materialism.

Min holdning var fortsatt en av absolutt rasjonell
materialisme.

**And I wish my attitude to the subject matter had not
changed.**

Og jeg skulle ønske at min holdning til emnet ikke hadde
endret seg.

**I discounted with almost inexplicable perversity the
coincidences.**

Med nesten uforklarlig perversitet avfeide jeg tilfeldighetene.

**The dream notes and odd cuttings collected by Professor
Angell.**

Drømmenotatene og de merkelige utklippene samlet av
professor Angell.

One thing I began to doubt was the cause of my uncle's death.

En ting jeg begynte å tvile på var årsaken til onkelens død.

I began to suspect his death was far from natural.

Jeg begynte å mistenke at dødsfallet hans langt fra var naturlig.

And I now fear I know my uncle's death was not natural.

Og jeg frykter nå at jeg vet at onkels død ikke var naturlig.

It was on a narrow hill street where he fell.

Det var i en smal gate i åssiden han falt.

The street lead up from the ancient waterfront.

Gaten fører opp fra den gamle havnefronten.

The port-town swarms with foreign mongrels.

Havnebyen vrimler av utenlandske blandingsdyr.

He fell after a careless push from a negro sailor.

Han falt etter et uforsiktig dytt fra en negersjømann.

I had not forgotten the mixed blood of the cult-members in Louisiana.

Jeg hadde ikke glemt blandet blod til kultmedlemmene i Louisiana.

I had not forgotten the sailors in the voodoo orgy.

Jeg hadde ikke glemt sjømennene i voodoo-orgien.

And would not be surprised to learn that they had other knowledge too.

Og det ville ikke bli overrasket om de også hadde annen kunnskap.

Secret methods as anciently known as the cryptic rites.

Hemmelige metoder så kjent som kryptiske ritualer i gammel tid.

Poison needles as ruthless their demonic beliefs.

Giftnåler er hensynsløse, og deres demoniske tro er like ubarmhjertig.

Legrasse and his men, it is true, have been let alone.

Legrasse og hans menn har riktignok blitt latt i fred.

But in Norway a certain seaman who saw things is dead.

Men i Norge er en viss sjømann som så ting død.

Might not sinister ears have picked up my uncle's interest in the sculptor?

Kunne ikke skumle ører ha vekket onkelens interesse for skulptøren?

Might not the deeper inquiries of my uncle have drawn someone's attention?

Kunne ikke onkelens dypere spørsmål ha trukket noens oppmerksomhet?

I think Professor Angell died because he knew too much.

Jeg tror professor Angell døde fordi han visste for mye.

Or he died because he was likely to learn too much.

Eller han døde fordi han sannsynligvis kom til å lære for mye.

Whether I shall go out as he did remains to be seen.

Om jeg drar ut slik han gjorde, gjenstår å se.

Because I too have learned much about Cthulhu.

Fordi jeg også har lært mye om Cthulhu.

The Madness from the Sea
Galskapen fra havet

There is one great boon heaven could grant me.
Det finnes én stor velsignelse himmelen kan gi meg.
The total effacing of the results of a mere chance.
Den totale utslettelsen av resultatene av en ren tilfeldighet.
I wish I had never seen that stray piece of paper.
Jeg skulle ønske jeg aldri hadde sett den bortkomne
papirlappen.
My daily routine would normally not have taken me there.
Min daglige rutine ville normalt ikke ha ført meg dit.
On any other day I would not have noticed anything.
På en hvilken som helst annen dag ville jeg ikke ha lagt merke
til noe.
It was an old number of an Australian journal.
Det var et gammelt nummer av et australsk tidsskrift.
The Sydney Bulletin for April 18, 1925
Sydney Bulletin for 18. april 1925
The paper had even slipped past the cutting bureau.
Avisen hadde til og med sluppet forbi klippebyrået.
I had largely given over my inquiries to a friend.
Jeg hadde stort sett gitt spørsmålene mine til en venn.
He had taken on the work of most of the research.
Han hadde tatt på seg arbeidet med mesteparten av
forskningen.
He had come to refer to the group as the "Cthulhu Cult".
Han hadde kommet til å referere til gruppen som «Cthulhu-
kulten».
I was visiting my learned friend of Paterson, New Jersey.
Jeg besøkte min lærde venn fra Paterson i New Jersey.
The curator of a local museum, and a mineralogist of note.
Kuratoren for et lokalt museum og en kjent mineralog.
While at his museum I had access to the reserved specimens.
Mens jeg var på museet hans hadde jeg tilgang til de
reserverte eksemplarene.
And this is when an odd picture caught my attention.

Og det var da et merkelig bilde fanget oppmerksomheten min.
Beneath one of the stones was the Sydney Bulletin I mentioned.
Under en av steinene lå Sydney Bulletin jeg nevnte.
My friend has wide affiliations in all conceivable foreign lands.
Vennen min har brede tilknytninger i alle tenkelige fremmede land.
The picture was a half-tone cut of a hideous stone image.
Bildet var et halvtonesnitt av et heslig steinbilde.
Almost identical with the stone Legrasse had found in the swamp.
Nesten identisk med steinen Legrasse hadde funnet i sumpen.
Eagerly I read the article for its precious contents.
Jeg leste artikkelen med iver for dens verdifulle innhold.
But I was disappointed to find that it was just a short article.
Men jeg ble skuffet over å oppdage at det bare var en kort artikkel.
Although brief, the information was of portentous significance.
Selv om informasjonen var kort, var den av stor betydning.

***

"MYSTERY DERELICT FOUND AT SEA"
"MYSTERISK FORLATT GJENSTANDE FUNNET PÅ SJØEN"

Vigilant Arrives With Helpless Armed New Zealand Yacht in Tow.
Årvåken ankommer med hjelpeløs, bevæpnet newzealandsk yacht på slep.
One Survivor and one Dead Man Found Aboard.
Én overlevende og én død mann funnet om bord.
Tale of Desperate Battle and Deaths at Sea.
Fortelling om desperat kamp og dødsfall til sjøs.
Rescued Seaman Refuses Particulars of Strange Experience.
Reddet sjømann nekter for detaljer om merkelig opplevelse.

Odd Idol Found in His Possession, Inquiry to Follow.
Merkelig idol funnet i hans besittelse, forespørsel følger.
The Alert of Dunedin yacht, N.Z., had been disabled in battle.
Dunedin-yachten Alert fra New Zealand hadde blitt satt ut av spill i kamp.
Previously the ship had left from Valparaiso on March 25th.
Tidligere hadde skipet avreise fra Valparaiso 25. mars.
On April 2nd the ship was driven considerably south of her course.
Den 2. april ble skipet drevet betydelig sør for kursen sin.
Exceptionally heavy storms had redirected the ship.
Eksepsjonelt kraftige stormer hadde omdirigert skipet.
Monster waves forced the ship to take a different route.
Monsterbølger tvang skipet til å ta en annen rute.
On April 12th the ship was sighted by another ship.
Den 12. april ble skipet observert av et annet skip.
Latitude 34° 21', Longitude 152° 17'
Breddegrad 34° 21', lengdegrad 152° 17'
Initially they thought the ship had been deserted.
Først trodde de at skipet hadde vært forlatt.
But one still living man had been found on board.
Men én fortsatt levende mann var blitt funnet om bord.
This lone survivor was in a half-delirious condition.
Denne eneste overlevende var i en halvveis delirium.
The only other victim found was a man already dead a week.
Det eneste andre offeret som ble funnet var en mann som allerede var død for en uke siden.
Now the heavily armed steam yacht was being towed.
Nå ble den tungt bevæpnede dampyachten tauet.
And this morning the ship was coming in to its wharf.
Og i morges kom skipet inn til kaien sin.
The living man was clutching a horrible stone idol.
Den levende mannen klamret seg til en forferdelig steingude.
The stone idol was about a foot in height.
Steinfiguren var omtrent en fot høy.
And the origins of the stone were completely unknown.

Og steinens opprinnelse var fullstendig ukjent.

Authorities at Sydney university were baffled.

Myndighetene ved universitetet i Sydney var forvirret.

The Royal Society couldn't offer information about the idol.

Royal Society kunne ikke tilby informasjon om idolet.

And the Museum in College street had no insights either.

Og museet i College Street hadde heller ingen innsikt.

The survivor says he found the stone in the cabin of the yacht.

Den overlevende sier at han fant steinen i lugaren på yachten.

Allegedly the idol was in a small carved shrine.

Angivelig var avguden i et lite utskåret helligdom.

And the carvings of the shrine were of common pattern.

Og utskjæringene i helligdommen hadde et vanlig mønster.

This man eventually recovered back to his senses.

Denne mannen kom seg etter hvert til fornuft.

And he told an exceedingly strange story of piracy and slaughter.

Og han fortalte en usedvanlig merkelig historie om piratkopiering og blodbad.

He is Gustaf Johansen, a Norwegian of some intelligence.

Han er Gustaf Johansen, en nordmann med en viss intelligens.

And he had been second mate of the two-masted schooner Emma of Auckland.

Og han hadde vært andrestyrmann på den tomastede skonnerten Emma fra Auckland.

The ship sailed for Callao February 20th, manned by eleven sailors.

Skipet seilte til Callao 20. februar, bemannet av elleve sjømenn.

The ship, he says, was delayed and thrown widely south of her course.

Skipet, sier han, ble forsinket og kastet vidt sør for kursen.

There was a great storm on March 1st, and on March 22nd.

Det var en kraftig storm 1. mars og 22. mars.

On their journey they encountered another ship.

På reisen møtte de et annet skip.

This was in S. Latitude 49° 51′, W. Longitude 128° 34′

Dette var i sørlig breddegrad 49° 51′, vestlig lengdegrad 128° 34′

This ship was manned by a queer and evil-looking crew.

Dette skipet var bemannet av et merkelig og ondsinnet utseende mannskap.

All the men were of Kanakas and half-castes.

Alle mennene var av kanaka-folket og halvkaste.

Being ordered peremptorily to turn back, Capt. Collins refused.

Kaptein Collins nektet å snu, men fikk den beskjedne ordren om å snu.

Without warning the strange crew began to shoot savagely upon the schooner.

Uten forvarsel begynte det merkelige mannskapet å skyte brutalt på skonnerten.

They shot a peculiarly heavy battery of brass cannon.

De skjøt et merkelig tungt batteri av messingkanoner.

The men from his ship showed fighting spirit, says the survivor.

Mennene fra skipet hans viste kampvilje, sier den overlevende.

The schooner began to sink from shots beneath the waterline.

Skonnerten begynte å synke fra skudd under vannlinjen.

But they managed to heave alongside their enemy boat, and board her.

Men de klarte å hive seg inntil fiendens båt og gå om bord i den.

They grappled with the savage crew on the yacht's deck.

De slos med det brutale mannskapet på yachtens dekk.

Their mode of fighting seemed to be strangely clumsy.

Kampmåten deres virket merkelig klønete.

But defeat did not seem to be an option for these savage men.

Men nederlag så ikke ut til å være et alternativ for disse ville mennene.

They had a particularly abhorrent and desperate way of fighting.

De hadde en spesielt avskyelig og desperat måte å kjempe på.

So they had no choice but to kill all men of the enemy ship.

Så de hadde ikke noe annet valg enn å drepe alle mennene på fiendens skip.

Three of their men were also killed in the fight.

Tre av mennene deres ble også drept i kampen.

Capt. Collins and First Mate Green were among the dead.

Kaptein Collins og førstestyrmann Green var blant de omkomne.

Second Mate Johansen took over control from First Mate Green.

Andrestyrmann Johansen overtok kontrollen fra førstestyrmann Green.

And the remaining eight men proceeded to navigate the captured yacht.

Og de resterende åtte mennene fortsatte å navigere den erobrede yachten.

They proceeded to continue in the original direction they were going.

De fortsatte å gå i den opprinnelige retningen de gikk.

To see if there had been any reason they were ordered to turn around.

For å se om det hadde vært noen grunn til at de fikk ordre om å snu.

****

The next day, it appears, they landed on a small island.

Neste dag, ser det ut til, landet de på en liten øy.

Although no island is known to exist in that part of the ocean.

Selv om det ikke er kjent at det finnes noen øy i den delen av havet.

Six of the men somehow died ashore while on the island.

Seks av mennene døde på en eller annen måte på land mens de var på øya.

Though Johansen is queerly reticent about this part of his story.

Selv om Johansen er merkelig tilbakeholden med hensyn til denne delen av historien sin.

And he speaks only of their falling into a rock chasm.

Og han taler bare om at de faller ned i en klippekløft.

Later, it seems, he and one companion boarded the yacht.

Senere, ser det ut til, gikk han og en ledsager om bord i yachten.

Together they tried to sail the ship, undermanned.

Sammen prøvde de å seile skipet, underbemannet.

But they were beaten about by the storm of April 2nd.

Men de ble herjet av stormen 2. april.

From that time till his rescue on the 12th, the man remembers little.

Fra den tiden og frem til han ble reddet den 12., husker mannen lite.

And he does not even recall when William Briden, his companion, died.

Og han husker ikke engang når William Briden, hans ledsager, døde.

Autopsy could reveal no obvious cause to Briden's death.

Obduksjonen kunne ikke avsløre noen åpenbar årsak til Bridens død.

The most likely cause of death is exposure to the elements.

Den mest sannsynlige dødsårsaken er eksponering for elementene.

The Dunedin reported that their boat, the Alert, was well known.

Dunedin-folket rapporterte at båten deres, Alert, var godt kjent.

The island traders bore an evil reputation along the waterfront.

Øyhandlerne hadde et dårlig rykte langs vannkanten.

The ship was owned by a curious group of half-castes.

Skipet var eid av en merkelig gruppe halvkaste.
Frequent meetings and night trips to the woods attracted curiosity.
Hyppige møter og nattlige turer til skogen vakte nysgjerrighet.
The ship had set sail in great haste on March 1st.
Skipet hadde satt seil i stor hast 1. mars.
Just after the storm, and the earth tremors that night.
Rett etter stormen og jordskjelvene den natten.
Our Auckland correspondent gives the Emma excellent reputation.
Vår korrespondent i Auckland gir Emma et utmerket rykte.
The Crew from the Emma were held very in high regard.
Mannskapet fra Emma ble holdt høyt ansett.
And Johansen is described as a sober and worthy man.
Og Johansen beskrives som en edruelig og verdig mann.
The admiralty will institute an inquiry on the whole matter.
Admiralitetet vil iverksette en gransking av hele saken.
Starting tomorrow they will collect all relevant information.
Fra i morgen vil de samle inn all relevant informasjon.
Every effort will be made to induce Johansen to speak.
Vi vil gjøre vårt ytterste for å få Johansen til å snakke.
This and the hellish image were all the information I had to go on.
Dette og det forferdelige bildet var all informasjonen jeg hadde å gå ut fra.
But what a train of ideas that little information started in my mind!
Men for en rekke ideer den lille informasjonen startet i hodet mitt!
Here were new treasuries of data on the Cthulhu Cult.
Her var nye skatter av data om Cthulhu-kulten.
The cult not only had interests on land.
Kulten hadde ikke bare interesser i land.
Now there was evidence they also had connections to the sea.
Nå fantes det bevis for at de også hadde tilknytning til havet.

**What motive prompted the hybrid crew to order back the
Emma?**
Hvilket motiv fikk hybridmannskapet til å beordre Emma
tilbake?
Why did they sail about with their hideous idol?
Hvorfor seilte de rundt med sitt avskyelige idol?
**What was the unknown island on which six of the Emma's
crew had died?**
Hvilken ukjent øy var det der seks av mannskapet på Emma
omkom?
And why was Johansen so secretive about their death?
Og hvorfor var Johansen så hemmelighetsfull om deres død?
What had the vice-admiralty's investigation brought out?
Hva hadde viseadmiralitetets etterforskning brakt frem?
And what was known of the noxious cult in Dunedin?
Og hva var kjent om den skadelige kulten i Dunedin?
Nor could one help but marvel at the timing of the events.
Man kunne heller ikke unngå å undre seg over tidspunktet for
hendelsene.
**There was a deep and more than natural linkage between
the dates.**
Det var en dyp og mer enn naturlig sammenheng mellom
datoene.
**A malign and now undeniable significance to the various
turns of events.**
En ondsinnet og nå udiskutabel betydning for de forskjellige
hendelsesforløpene.

***

My uncle had noted with great care the connecting events.
Onkelen min hadde notert seg de sammenhengende
hendelsene med stor omhu.
On March 1st the earthquake and storm had come.
1. mars kom jordskjelvet og stormen.
February 28th, according to the International Date Line.
28. februar, ifølge den internasjonale datolinjen.

From Dunedin the noisome crew of the Alert darted eagerly forth.

Fra Dunedin pilte det støyende mannskapet på Alert ivrig ut.

They moved as if they had been imperiously summoned.

De beveget seg som om de hadde blitt bydende tilkalt.

On the other side of the earth the other events unfolded.

På den andre siden av jorden utspilte de andre hendelsene seg.

Poets and artists had begun to have their strange dreams.

Poeter og kunstnere hadde begynt å ha sine merkelige drømmer.

Dreams of a dank Cyclopean city from times long gone.

Drømmer om en fuktig kyklopesk by fra svunne tider.

A young sculptor was persuaded by these dreams too.

En ung skulptør ble også overtalt av disse drømmene.

In his sleep he molded the form of the dreaded Cthulhu.

I søvne formet han skikkelsen til den fryktede Cthulhu.

On March 23rd the crew of the Emma landed on an unknown island.

Den 23. mars landet mannskapet på Emma på en ukjent øy.

There on that island they left six men dead.

Der på den øya etterlot de seks menn døde.

On that date the dreams of sensitive men assumed a heightened vividness.

På den datoen antok drømmene til følsomme menn en økt livlighet.

Their dreams darkened with dread of a giant monster's malign pursuit.

Drømmene deres formørket av frykt for et gigantisk monsters ondsinnede forfølgelse.

One architect went mad from his dreams that night.

En arkitekt ble gal av drømmene sine den natten.

And a sculptor had lapsed suddenly into delirium!

Og en skulptør hadde plutselig falt i delirium!

And then there was the storm of April 2nd.

Og så var det stormen 2. april.

The date on which all dreams of the dank city ceased.

Datoen da alle drømmer om den fuktige byen opphørte.
Wilcox emerged unharmed from the bondage of strange fever.
Wilcox kom uskadd ut av den merkelige feberens fangenskap.
And everything appeared to be normal again.
Og alt virket å være normalt igjen.
But what about the hints old Castro had suggested?
Men hva med hintene gamle Castro hadde foreslått?
What about the sunken, star-born old ones?
Hva med de sunkne, stjernefødte gamle?
What about their promised return and coming reign?
Hva med deres lovede tilbakekomst og kommende regjeringstid?
What about their faithful cult and their mastery of dreams?
Hva med deres trofaste kult og deres mestring av drømmer?
Was I tottering on the brink of cosmic horrors?
Vavlet jeg på randen av kosmiske redsler?
Cosmic horrors far beyond man's power to bear?
Kosmiske redsler langt utenfor menneskets evne til å bære?
If so, they must be horrors of the mind alone.
I så fall må de være sinnets redsler alene.
On the second of April there was sudden coordinated calm.
Den andre april ble det plutselig koordinert ro.
The monstrous menace that sieged mankind's soul had vanished.
Den uhyrlige trusselen som beleiret menneskehetens sjel var forsvunnet.
That evening I made all necessary arrangements for onwards travel.
Den kvelden gjorde jeg alle nødvendige forberedelser for videre reise.
I bade my host adieu and took a train for San Francisco.
Jeg tok farvel med verten min og tok toget til San Francisco.

***

In less than a month I was at the port of Dunedin.

På under en måned var jeg i havnen i Dunedin.
Here, however, my investigation stumbled slightly.
Her snublet imidlertid undersøkelsen min litt.
I inquired in the old sea taverns where the men had lingered.
Jeg spurte i de gamle sjøkroene hvor mennene hadde oppholdt seg.
But little was known of the strange cult members.
Men lite var kjent om de merkelige kultmedlemmene.
Waterfront scum was far too common for special mention.
Avskum ved vannkanten var altfor vanlig til å bli nevnt spesielt.
But there was vague talk about one inland trip these mongrels had made.
Men det var vag snakk om én tur inn i landet disse blandingsdyrene hadde foretatt.
Faint drumming and red flames were noted on the distant hills.
Svak tromming og røde flammer ble notert på de fjerne åsene.
In Auckland I learned only a little more of Johansen.
I Auckland lærte jeg bare litt mer om Johansen.
He had been taken to Sydney for the investigation.
Han ble tatt med til Sydney for etterforskningen.
A perfunctory and inconclusive questioning turned his hair white.
Et overfladisk og mangelfullt spørsmål gjorde håret hans hvitt.
Thereafter he sold his cottage in West Street.
Deretter solgte han hytta si i West Street.
And he sailed with his wife to his old home in Oslo.
Og han seilte med kona si til sitt gamle hjem i Oslo.
His experience had clearly stirred him deeply.
Opplevelsen hans hadde tydeligvis rørt ham dypt.
But he told his friends no more than he had told the admiralty officials.
Men han fortalte ikke vennene sine mer enn han hadde fortalt admiralitetstjenestemennene.
And all they could do was to give me his Oslo address.

Og alt de kunne gjøre var å gi meg Oslo-adressen hans.

After that I went to Sydney and talked profitlessly with seamen.

Etter det dro jeg til Sydney og snakket forgjeves med sjømenn.

Members of the vice-admiralty court could not enlighten me either.

Medlemmer av viseadmiralitetsdomstolen kunne heller ikke opplyse meg.

I tracked the Alert down to Circular Quay in Sydney Cove.

Jeg sporet opp varselet til Circular Quay i Sydney Cove.

The ship had been sold and was again in commercial use.

Skipet var solgt og var igjen i kommersiell bruk.

But I could gain no further clues from the ship's cargo.

Men jeg kunne ikke få flere ledetråder fra skipets last.

The image was preserved in the Museum at Hyde Park.

Bildet ble bevart på museet i Hyde Park.

The cuttlefish head, dragon body, and scaly wings.

Blekkspruthodet, dragekroppen og de skjellkledde vingene.

The monster crouching atop the hieroglyphed pedestal.

Monsteret som huker seg på toppen av den hieroglyfiske sokkelen.

I studied every detail of the idol long and well.

Jeg studerte hver eneste detalj ved idolet lenge og grundig.

The relic was a thing of balefully exquisite workmanship.

Relikvien var et gjenstand for ondsinnet utsøkt håndverk.

I couldn't help but notice the similarity to Legrasse's smaller specimen.

Jeg kunne ikke la være å legge merke til likheten med Legrasses mindre eksemplar.

Both idols had the same utter mystery and terrible antiquity.

Begge avgudene hadde den samme fullstendige mystikken og forferdelige alderdommen.

And both idols had the same unearthly strangeness of material.

Og begge idolene hadde den samme ujordiske underligheten av materiale.

Geologists, the curator told me, had found it a monstrous
puzzle.

Geologer, fortalte kuratoren meg, hadde funnet det som et
uhyrlig mysterium.

They insisted that the world held no rock like this one.

De insisterte på at verden ikke hadde noen stein som denne.

Then I thought with a shudder of what old Castro had told
Legrasse.

Så tenkte jeg med et grøss på hva gamle Castro hadde fortalt
Legrasse.

The tale of the primal great ones, sunken under the sea.

Historien om de eldste, sunket under havet.

"They had come from the stars."

«De kom fra stjernene.»

"They had brought their images with them."

«De hadde med seg bildene sine.»

I was shaken with a mental revolution as I had never before
known.

Jeg ble rystet av en mental revolusjon jeg aldri hadde opplevd
før.

I was now completely resolved to visit Mate Johansen in
Oslo.

Jeg var nå helt fast bestemt på å besøke Mate Johansen i Oslo.

Sailing for London, I re-embarked at once for the Norwegian
capital.

Jeg seilte til London og la straks om bord igjen til den norske
hovedstaden.

And one autumn day I landed at the wharves.

Og en høstdag landet jeg ved bryggene.

***

Johansen's hometown was in the shadow of the Egeberg.

Johansens hjemby lå i skyggen av Egeberg.

I discovered he lived in the Old Town of King Harold
Haardrada.

Jeg oppdaget at han bodde i Kong Harald Haarrådas gamleby.

For centuries the greater city had masqueraded as "Christiania".

I århundrer hadde den større byen gitt seg ut for å være «Christiania».

King Harald Hardrada kept alive the name of Oslo.

Kong Harald Hardråde holdt navnet Oslo i live.

I made the brief trip to his residences by taxicab.

Jeg tok den korte turen til boligen hans med taxi.

A neat and ancient building with plastered front.

En pen og gammel bygning med pusset fasade.

And I knocked with palpitant heart at the door.

Og jeg banket på døren med bankende hjerte.

A sad-faced woman in black answered my summons.

En trist kvinne i svart svarte svarte på ropene mine.

I was stung with disappointment at the sight.

Jeg ble stukket av skuffelse over synet.

She told me in halting English that Gustaf Johansen was no more.

Hun fortalte meg på haltende engelsk at Gustaf Johansen ikke var mer.

He had not long survived his return, said his wife.

Han hadde ikke overlevd hjemkomsten lenge, sa kona.

The doings at sea in 1925 had broken him.

Det som skjedde til sjøs i 1925 hadde knekt ham.

He had told her no more than he had told the public.

Han hadde ikke fortalt henne mer enn han hadde fortalt offentligheten.

But he had left a long manuscript of "technical matters".

Men han hadde etterlatt seg et langt manuskript med «tekniske saker».

These notes of the voyage had been written in English.

Disse notatene fra reisen var skrevet på engelsk.

Evidently in order to safeguard her from the peril of casual perusal.

Tydeligvis for å beskytte henne mot faren ved tilfeldig gransking.

He had gone for a walk through a narrow lane near the Gothenburg dock.

Han hadde gått en tur gjennom en smal smug nær Gøteborg-kaia.

A bundle of papers falling from an attic window had knocked him down.

En bunke med papirer som falt fra et loftsvindu hadde felt ham.

Two Lascar sailors at once helped him to his feet.

To Lascar-sjømenn hjalp ham på beina samtidig.

But before the ambulance could reach him he was dead.

Men før ambulansen rakk å nå frem til ham, var han død.

The physicians found no adequate cause for his death.

Legene fant ingen tilstrekkelig dødsårsak.

They mostly attributed his death to heart trouble.

De tilskrev stort sett dødsfallet hans til hjerteproblemer.

But they added his weakened constitution most likely contributed.

Men de la til at hans svekkede konstitusjon mest sannsynlig bidro.

I now felt a deep gnawing at my vitals.

Nå kjente jeg en dyp gnaging i vitale organer.

A dark terror which will never leave me till I, too, am at rest.

En mørk redsel som aldri vil forlate meg før jeg også er i ro.

Whether my death will come "accidentally" or not I can't tell.

Om min død kommer «ved et uhell» eller ikke, kan jeg ikke si.

I spoke to the widow about her husband's work.

Jeg snakket med enken om mannens arbeid.

And I persuaded her I had a "technical" connection to him.

Og jeg overtalte henne til at jeg hadde en «teknisk» forbindelse til ham.

So she felt I was sufficiently entitled to the manuscript.

Så hun mente at jeg hadde tilstrekkelig rett til manuskriptet.

And so I attained the dead man's writing.

Og slik oppnådde jeg den døde manns skrift.

I began to read the documents on the boat to London.

Jeg begynte å lese dokumentene på båten til London.

They were little more than simple, rambling notes.
De var lite mer enn enkle, usammenhengende notater.
A naive sailor's effort at a post-facto diary.
En naiv sjømanns forsøk på en post-facto dagbok.
He strove to recall that last awful voyage day by day.
Han anstrengte seg for å huske den siste forferdelige reisen
dag for dag.
I cannot attempt to transcribe his notes verbatim.
Jeg kan ikke forsøke å transkribere notatene hans ordrett.
The manuscript is clouded with vagueness and redundance.
Manuskriptet er omgitt av vaghet og overflødighet.
But I will tell the gist of what he wrote.
Men jeg skal fortelle hovedpoengene i hva han skrev.
**Perhaps then you will understand why I stuffed my ears
with cotton.**
Kanskje da forstår du hvorfor jeg fylte ørene mine med
bomull.
**The sound of the water against the vessel's sides became
unendurable.**
Lyden av vannet mot fartøyets sider ble uutholdelig.

***

Johansen, thank God, did not quite know what he had seen.
Johansen, takk Gud, visste ikke helt hva han hadde sett.
But it is evident he had seen the city and the Thing.
Men det er tydelig at han hadde sett byen og Tingen.
I shall never sleep calmly again when I think of the horrors.
Jeg kommer aldri til å sove rolig igjen når jeg tenker på
redslene.
**The horrors that lurk ceaselessly behind life in time and
space.**
Redsene som lurer ustanselig bak livet i tid og rom.
Those unhallowed blasphemies that come from elder stars.
De vanhellige blasfemiene som kommer fra eldre stjerner.
Dreamers beneath the sea known only by a nightmare cult.
Drømmere under havet kun kjent av en marerittkult.

A cult ready and eager to release these monsters into the world.

En kult klar og ivrig etter å slippe disse monstrene ut i verden.

Whenever another earthquake raises their monstrous stone city again.

Hver gang et nytt jordskjelv hever den uhyrlige steinbyen deres igjen.

When Cthulhu is under the light of the sun once more.

Når Cthulhu igjen er under solens lys.

Johansen's voyage had begun just as he told it to the vice-admiralty.

Johansens reise hadde begynt akkurat slik han fortalte den til viseadmiralitetet.

The Emma, in ballast, had cleared Auckland on February 20th.

Emma, i ballast, hadde forlatt Auckland 20. februar.

The ship had felt the full force of that earthquake-born tempest.

Skipet hadde følt den fulle styrken av den jordskjelvfødte stormen.

The horrors from the sea-bottom that filled men's dreams.

Redsene fra havbunnen som fylte menns drømmer.

Once under control again the ship was making good progress.

Da skipet var under kontroll igjen, gjorde det god fremdrift.

But then the ship was held up by the Alert on March 22nd.

Men så ble skipet holdt tilbake av Alert den 22. mars.

I could feel the mate's regret as he wrote of her bombardment and sinking.

Jeg kunne føle styrmannens anger da han skrev om bombardementet og forliset hennes.

Of the swarthy cult-fiends on the other boat he speaks with horror.

Om de mørkhudede kultdemonene på den andre båten snakker han med gru.

There was some peculiarly abominable quality about them.

Det var en merkelig avskyelig egenskap ved dem.

Something made their destruction seem almost a duty.
Noe gjorde at ødeleggelsen av dem nesten virket som en plikt.
**This point was brought up during the proceedings of the
court of inquiry.**
Dette poenget ble tatt opp under behandlingen av retten.
**Johansen shows ingenuous wonder at the accusation of
ruthlessness.**
Johansen viser naiv undring over anklagen om hensynsløshet.
Curiosity is what drove the men on in their captured yacht.
Det var nysgjerrighet som drev mennene videre i den
erobrede yachten.
Sticking out of the sea the men sighted a great stone pillar.
Da mennene stakk opp av havet, fikk de øye på en stor
steinsøyle.
**In South Latitude 47° 9', West Longitude 126° 43' they come
upon a coastline.**
På sørlig breddegrad 47° 9', vestlig lengdegrad 126° 43'
kommer de til en kystlinje.
**The coastline was of mingled mud, ooze, and weedy
Cyclopean masonry.**
Kystlinjen besto av en blandet gjørme, oser og ugressaktig
kyklopisk murverk.
**Nothing less than the tangible substance of earth's supreme
terror.**
Intet mindre enn den håndgripelige substansen av jordens
største terror.
They had come across the nightmare corpse-city of R'lyeh.
De hadde kommet over den marerittfulle likbyen R'lyeh.
A city built in measureless eons behind history.
En by bygget i målløse eoner bak historien.
**Monuments to vast loathsome shapes that seeped down
from the dark stars.**
Monumenter over enorme, avskyelige skikkelser som sivet
ned fra de mørke stjernene.
**There lay great Cthulhu and his hordes for incalculable
cycles.**

Der lå den store Cthulhu og hans horder i uberegnelige
sykluser.
Hidden in green slimy vaults, they sent out their thoughts.
Gjemt i grønne, slimete hvelv sendte de ut tankene sine.
The thoughts that spread fear to the dreams of the sensitive.
Tankene som sprer frykt til de sensitives drømmer.
The thoughts that called imperiously to the faithful.
Tankene som bydende kalte på de troende.
"Come on a pilgrimage of liberation and restoration."
«Bli med på en pilegrimsreise med frigjøring og
gjenopprettelse.»
All this horror Johansen had no way of suspecting.
All denne redselen hadde Johansen ingen mulighet til å ane.
But God knows he had soon seen enough!
Men Gud vet at han snart hadde sett nok!
I suppose what they saw was only a single mountain-top.
Jeg antar at det de så bare var en enkelt fjelltopp.
Soon the rest of the city emerged from the waters.
Snart dukket resten av byen opp av vannet.
**The hideous monolith-crowned citadel where great Cthulhu
was buried.**
Den heslige monolitt-kronede citadellet der den store Cthulhu
ble begravet.
I shudder to think of all that may be brooding down there.
Jeg grøsser ved tanken på alt som kan ruge der nede.
And I almost wish to kill myself to stop these thoughts.
Og jeg har nesten lyst til å ta livet av meg for å stoppe disse
tankene.

***

Johansen and his men were awed by the cosmic majesty.
Johansen og hans menn var fylt av ærefrykt over den
kosmiske majesteten.
**They beheld the sight of this dripping Babylon of elder
demons.**

De beskuet synet av dette dryppende Babylon av eldre demoner.

They must have guessed without guidance what it was they saw.

De må ha gjettet uten veiledning hva det var de så.

What they saw was nothing of this or of any sane planet.

Det de så var ingenting av dette eller noen fornuftig planet.

The unbelievable size of the greenish stone blocks.

Den utrolige størrelsen på de grønnaktige steinblokkene.

The dizzying height of the great carven monolith.

Den svimlende høyden til den store utskårne monolitten.

And then there was the bas-reliefs found on the captured ship.

Og så var det basrelieffene som ble funnet på det erobrede skipet.

The colossal statues mirrored the scene on the carvings.

De kolossale statuene speilet scenen på utskjæringene.

Johansen achieved something very close to futurism.

Johansen oppnådde noe som lignet futurismen.

Because he did not describe any definite structure or building.

Fordi han ikke beskrev noen bestemt struktur eller bygning.

He dwelled on the broad impressions of vast angles and stone surfaces.

Han dvelte ved de brede inntrykkene av enorme vinkler og steinflater.

Surfaces too great to belong to anything right or proper for this earth.

Overflater for store til å tilhøre noe som er riktig eller passende for denne jorden.

Surfaces impious with horrible images and hieroglyphs.

Overflater ugudelige med forferdelige bilder og hieroglyfer.

There is a reason I mention his talk about angles.

Det er en grunn til at jeg nevner snakket hans om vinkler.

It reminds me of something Wilcox had told me of his awful dreams.

Det minner meg om noe Wilcox hadde fortalt meg om sine forferdelige drømmer.

He had said that the geometry of the dream-place he saw was abnormal.

Han hadde sagt at geometrien til drømmestedet han så var unormal.

Non-Euclidean spheres unlike anything here on earth.

Ikke-euklidiske sfærer ulikt noe her på jorden.

Loathsomely redolent dimensions completely unlike ours.

Avskyelig duftende dimensjoner helt ulikt våre.

Now a seaman was describing the exact same thing.

Nå beskrev en sjømann nøyaktig det samme.

They bad both had the same terrible glimpse of this reality.

De hadde begge det samme forferdelige glimtet av denne virkeligheten.

Johansen and his men landed at a sloping mud-bank.

Johansen og mennene hans landet ved en skrånende mudderbanke.

And they looked up at this monstrous Acropolis.

Og de så opp på dette uhyrlige Akropolis.

They clambered slippery up over titan oozy blocks.

De klatret glatt opp over titan-sleipne blokker.

Blocks which could have been no mortal staircase.

Blokker som ikke kunne ha vært en dødelig trapp.

The very sun of heaven seemed distorted in this mist.

Selve himmelsolen virket forvrengt i denne tåken.

A polarizing miasma welling out from this sea-soaked perversion.

Et polariserende miasma som veller ut fra denne havgjennomvåte perversjonen.

Twisted menace and suspense lurked in those elusive rocks.

Forvridd trussel og spenning lurte i de unnvikende steinene.

A second glance showed concavity where the first showed convexity.

Et andre blikk viste konkavitet der det første viste konveksitet.

Something very like fright had come over all the explorers.

Noe som lignet veldig på frykt hadde kommet over alle oppdagelsesreisende.

Each man would have fled had he not feared the scorn of the others.

Hver mann ville ha flyktet hvis han ikke hadde fryktet de andres hån.

And it was only half-heartedly that they vainly searched.

Og det var bare halvhjertet at de lette forgjeves.

They were looking for some portable souvenir to bear away.

De lette etter en bærbar suvenir å ta med seg.

It was Rodriguez, the Portuguese, who climbed up the foot of the monolith.

Det var portugiseren Rodriguez som klatret opp foten av monolitten.

From there he shouted of what he had found.

Derfra ropte han om hva han hadde funnet.

The rest followed him to the foot of the monolith.

Resten fulgte ham til foten av monolitten.

They looked curiously at the immense door in front of them.

De så nysgjerrig på den enorme døren foran seg.

The now familiar squid-dragon was carved on the door.

Den nå kjente blekksprutdragen var hugget inn i døren.

It was, Johansen said, like a great barn-door.

Det var, sa Johansen, som en stor låvedør.

Although they said it only gave the impression of a door.

Selv om de sa at det bare ga inntrykk av en dør.

They could not decide if the door lay flat like a trap-door.

De kunne ikke avgjøre om døren lå flatt som en fallluke.

Or maybe the opening was slanted like an outside cellar-door.

Eller kanskje åpningen var skråstilt som en kjellerdør utvendig.

As Wilcox would have said, the geometry of the place was all wrong.

Som Wilcox ville ha sagt, stedets geometri var helt feil.

One could not be sure that the sea and the ground were horizontal.

Man kunne ikke være sikker på at havet og bakken var horisontale.

Hence the relative position of everything else seemed phantasmally variable.

Derfor virket den relative posisjonen til alt annet fantasmatisk variabel.

Briden pushed at the stone in several places, without result.

Briden dyttet på steinen flere steder, uten resultat.

Then Donovan felt delicately over around the edge of the door.

Så kjente Donovan forsiktig rundt kanten av døren.

He climbed interminably along the grotesque stone molding.

Han klatret uendelig langs den groteske steinlistingen.

Although, if you could really call it climbing is debatable.

Selv om det virkelig kan kalles klatring, er det diskutabelt.

Perhaps the door was more horizontal than vertical.

Kanskje døren var mer horisontal enn vertikal.

And the men wondered how any door in the universe could be so vast.

Og mennene lurte på hvordan noen dør i universet kunne være så enorm.

Then, very softly and slowly, something began to happen.

Så, veldig mykt og sakte, begynte noe å skje.

The acre-great panel began to give inward at the top.

Det acre-store panelet begynte å gi etter innover på toppen.

And they saw that the door had balanced itself.

Og de så at døren hadde balansert seg selv.

***

Donovan somehow propelled himself back along the jamb.

Donovan klarte på en eller annen måte å komme seg tilbake langs karmen.

And everyone watched the queer recession of the monstrously carven portal.

Og alle så den merkelige tilbaketrekningen av den uhyrlig utskårne portalen.

In this fantasy of prismatic distortion it moved anomalously in a diagonal way.

I denne fantasien om prismatisk forvrengning beveget den seg anomalt på en diagonal måte.

All the rules of matter and perspective seemed confused.

Alle materiens og perspektivets regler virket forvirrede.

The aperture was black with a darkness almost material.

Blenderåpningen var svart med et nesten materielt mørke.

That tenebrousness was indeed a positive quality.

Den sintheten var virkelig en positiv egenskap.

The men were spared from seeing the inner walls.

Mennene ble skånet fra å se de indre veggene.

The darkness burst forth like smoke from its eon-long imprisonment.

Mørket brøt frem som røyk fra sitt evighetslange fengsling.

The sun was visibly darkened by flapping membranous wings.

Solen var synlig formørket av flagrende hinnelignende vinger.

And the shadow slunk away into the shrunken and gibbous sky.

Og skyggen snek seg bort inn i den krympede og ujevne himmelen.

The odor arising from the newly opened depths was intolerable.

Lukten som steg opp fra de nyåpnede dypene var uutholdelig.

The quick-eared Hawkins thought he heard a nasty, slopping sound.

Den hurtigørede Hawkins trodde han hørte en ekkel, skvulpende lyd.

His ears were confirmed when It lumbered slobberingly into sight.

Ørene hans ble bekreftet da Den siklende kom til syne.

Its gelatinous green immensity groped through the black hall.

Dens gelatinøse grønne umåtelighet famlet gjennom den svarte hallen.

And Its ooze and smell squeezed through the angled door.

Og oseren og lukten presset seg gjennom den skrå døren.

The Thing went into the tainted air of that poison city of madness.

Tingen forsvant inn i den besudlede luften i den giftige galskapsbyen.

Poor Johansen's handwriting almost gave out when he wrote of this.

Stakkars Johansens håndskrift holdt nesten på å svikte da han skrev om dette.

He thinks two men perished of pure fright in that accursed instant.

Han tror to menn omkom av ren skrekk i det forbannede øyeblikket.

The Thing cannot be described with our language.

Tingen kan ikke beskrives med vårt språk.

There are no words for such abysms of shrieking and immemorial lunacy.

Det finnes ingen ord for slike avgrunner av skriking og uminnelig galskap.

Eldritch contradictions of all matter, force, and cosmic order.

Eldritch-motsetninger i all materie, kraft og kosmisk orden.

A mountain that walked and stumbled on the earth. God!

Et fjell som vandret og snublet på jorden. Gud!

No wonder that across the earth a great architect went mad.

Ikke rart at en stor arkitekt på den andre siden av jorden ble gal.

No wonder poor Wilcox raved with fever in that telepathic instant.

Ikke rart at stakkars Wilcox raste av feber i det telepatiske øyeblikket.

The green, sticky spawn of the stars, was walking the earth.

Stjernenes grønne, klissete avkom vandret på jorden.

The Thing of the idols had awaked to claim his own.

Avgudsdyrenes Ting hadde våknet for å gjøre krav på sitt
eget.
The stars were aligned again, as was predicted.
Stjernene var på linje igjen, som forutsagt.
An age-old cult had failed in their duties.
En eldgammel kult hadde sviktet sine plikter.
**And a band of innocent sailors fulfilled their role by
accident.**
Og en gruppe uskyldige sjømenn oppfylte sin rolle ved et
uhell.
After vigintillions of years great Cthulhu was loose again.
Etter millioner av år var den store Cthulhu løs igjen.
And now great Cthulhu was ravening for delight.
Og nå var den store Cthulhu i hjel av fryd.
**Three men were swept up by the flabby claws before
anybody turned.**
Tre menn ble feid med av de slappe klørne før noen snudde
seg.
God rest them, if there be any rest in the universe.
Gud la dem hvile, om det finnes noen hvile i universet.
**Let it be known that their names were Donovan, Guerrera
and Angstrom.**
La det være kjent at navnene deres var Donovan, Guerrera og
Angstrom.
Parker slipped as he was trying to make his escape.
Parker skled mens han prøvde å flykte.
The other three were plunging frenziedly back to the boat.
De tre andre stupte febrilsk tilbake til båten.
They ran over endless vistas of green-crusted rock.
De løp over endeløse utsikter av grønnskorpete stein.
**Johansen swears he was swallowed up by an angle of
masonry.**
Johansen sverger på at han ble slukt av en murvinkel.
An angle which shouldn't have been there.
En vinkel som ikke burde vært der.
An angle which was acute, but behaved as if it were obtuse.

En vinkel som var spiss, men oppførte seg som om den var stump.

Only Briden and Johansen made it back to the boat.

Bare Briden og Johansen kom tilbake til båten.

The two men had a moment of good fortune.

De to mennene hadde et lykkeøyeblikk.

The mountainous monstrosity flopped down on the slimy stones.

Det fjellrike uhyret falt ned på de slimete steinene.

And the beast hesitated floundering at the edge of the water.

Og udyret nølte og famlet ved vannkanten.

The steam boat had not entirely run out of hot coals.

Dampbåten hadde ikke gått helt tom for glødende kull.

Despite the departure of all men for the shore.

Til tross for at alle menn har dratt til kysten.

Feverishly the two men rushed up and down between wheels.

Febrilsk løp de to mennene opp og ned mellom hjulene.

It was the work of only a few moments to get the engine going.

Det var bare et øyeblikks arbeid å få motoren i gang.

Amidst the distorted horrors of that indescribable scene.

Midt i de forvrengte redslene i den ubeskrivelige scenen.

Slowly their boat began to churn the lethal waters beneath her.

Sakte begynte båten deres å opprøre det dødelige vannet under henne.

And they moved along the masonry of that charnel shore.

Og de beveget seg langs murverket på den krokstranden.

That strange coastline that was not from this world.

Den merkelige kystlinjen som ikke var av denne verden.

*****

The titan Thing from the stars slavered and gibbered.

Titan-tingen fra stjernene slavet og bablet.

Like Polypheme cursing the fleeing ship of Odysseus.

Som Polyfeme som forbannet Odyssevs' flyktende skip.
Then great Cthulhu slid greasily into the water.
Så gled den store Cthulhu fettete ned i vannet.
Bolder and more daring than the storied Cyclops.
Dristigere og mer vågal enn den sagnomsuste kyklopen.
Cthulhu pursued them through the water with cosmic movement.
Cthulhu forfulgte dem gjennom vannet med kosmisk bevegelse.
Briden looked back from the ship and started laughing shrilly.
Briden så seg tilbake fra skipet og begynte å le skingrende.
From that moment Briden continued laughing at odd intervals.
Fra det øyeblikket fortsatte Briden å le med ujevne mellomrom.
But Johansen had not given up yet.
Men Johansen hadde ikke gitt opp ennå.
He knew his ship had no chance of outpacing the thing.
Han visste at skipet hans ikke hadde noen sjanse til å forbikjøre den.
So he resolved on taking a desperate chance.
Så bestemte han seg for å ta en desperat sjanse.
He loaded the furnace and set the engine for full speed.
Han fylte ovnen og satte motoren på full turtall.
And then he ran lightning-like on deck and reversed the wheel.
Og så løp han lynnedslag på dekk og snudde rattet.
There was a mighty eddying and foaming in the noisome brine.
Det var en mektig virveldannelse og skumming i den støyende saltlaken.
The steam mounted higher and higher into the sky.
Dampen steg høyere og høyere opp i himmelen.
And the brave Norwegian reversed the course of the chase.
Og den modige nordmannen snudde jaktens retning.

Before him rose the unclean froth like the stern of a demon galleon.

Foran ham steg det urene skummet opp som akterenden på en demongaljon.

He drove his vessel head on against the pursuing jelly.

Han kjørte fartøyet sitt frontalt mot den forfølgende geleen.

The awful squid-head came nearly up to the yacht's bowsprit.

Det forferdelige blekkspruthodet nådde nesten baugsprydet på yachten.

But Johansen drove on relentlessly against the writhing feelers.

Men Johansen kjørte ustanselig videre mot de vridende følehornene.

There was a bursting as of an exploding bladder.

Det var en eksplosjon som av en eksploderende blære.

There was a slushy nastiness as of a cloven sunfish.

Det var en sølete ekkelhet som fra en kløvd solfisk.

There was a stench as of a thousand opened graves.

Det var en stank som av tusen åpnede graver.

And there was a sound the chronicler did not put on paper.

Og det var en lyd krønikeskriveren ikke hadde skrevet ned.

For an instant the ship was befouled by an acrid cloud.

Et øyeblikk ble skipet tilsmusset av en skarp sky.

The green cloud blinded Johansen and the mad man.

Den grønne skyen blindet Johansen og den gale mannen.

And then there was only a venomous seething astern.

Og så var det bare en giftig, sydende akterover.

But God in heaven! What the two men saw next;

Men Gud i himmelen! Hva de to mennene så deretter;

The scattered plasticity of that nameless sky-spawn.

Den spredte plastisiteten til den navnløse himmelgyten.

The injured thing was nebulously recombining.

Den skadde tingen rekombinerte seg vagt.

Soon Cthulhu would be back in its hateful original form.

Snart ville Cthulhu være tilbake i sin hatefulle opprinnelige form.

But their distance was widening with every second.
Men avstanden deres økte for hvert sekund.
The ship was gaining impetus from its mounting steam.
Skipet fikk fart fra den økende dampen.
And eventually the cursed city was over the horizon.
Og til slutt var den forbannede byen over horisonten.

***

He did not try to navigate after their lucky escape.
Han prøvde ikke å navigere etter deres heldige flukt.
His reaction had taken something out of his soul.
Reaksjonen hans hadde tatt noe ut av sjelen hans.
He spent his time brooding over the idol in the cabin.
Han brukte tiden sin på å gruble over idolet i hytta.
He looked after the laughing maniac in the boat.
Han passet på den lattermilde galningen i båten.
And he attended to a few matters such as food.
Og han tok seg av noen få ting, som for eksempel mat.
Then came the storm of April 2nd.
Så kom stormen 2. april.
On that day clouds gathered over his consciousness.
Den dagen samlet skyer seg over bevisstheten hans.
There is a sense of pure and refined delirium.
Det er en følelse av ren og raffinert delirium.
Spectral whirling through liquid gulfs of infinity.
Spektral virvlende gjennom flytende uendelig kløfter.
Dizzying rides through reeling universes on a comet's tail.
Svimlende turer gjennom virvlende universer på en
komethale.
Hysterical plunges from the pit to the moon.
Hysteriske stup fra avgrunnen til månen.
And he plunged back again from the moon to the pit.
Og han stupte tilbake igjen fra månen til avgrunnen.
A cachinnating chorus of the distorted, hilarious elder gods.
Et kakinnerende kor av de forvrengte, hysterisk morsomme
eldre gudene.

And the green bat-winged mocking imps of Tartarus.

Og de grønne, flaggermusvingede, hånlige djevlene fra Tartarus.

Out of that dream came rescue; the ship Vigilant.

Ut av den drømmen kom redningen; skipet Vigilant.

The vice-admiralty court and the streets of Dunedin.

Viseadmiralitetsdomstolen og gatene i Dunedin.

The long voyage back home to the old house by the Egeberg.

Den lange reisen hjem til det gamle huset ved Egeberg.

He could not tell anyone of what he had seen.

Han kunne ikke fortelle noen hva han hadde sett.

Had he told the truth they would have thought he had gone mad.

Hadde han fortalt sannheten, ville de trodd han hadde blitt gal.

So he secretly wrote of what he knew before death came.

Så skrev han i hemmelighet om det han visste før døden kom.

"Death would be a boon if only it could blot out the memories."

«Døden ville være en velsignelse hvis den bare kunne viske ut minnene.»

That was the document Johansen left behind.

Det var dokumentet Johansen etterlot seg.

And now I have placed this document in the tin box.

Og nå har jeg lagt dette dokumentet i blikkboksen.

In the box is also the dream carved bas-relief.

I esken er også det drømmeutskårne basrelieffet.

And I have included the papers of Professor Angell.

Og jeg har inkludert professor Angells artikler.

With this box shall go this record of mine.

Med denne esken skal denne opptegnelsen min følge.

These notes have become a test of my own sanity.

Disse notatene har blitt en test på min egen forstand.

But I hope my discoveries are never be pieced together again.

Men jeg håper at oppdagelsene mine aldri blir satt sammen igjen.

I have looked upon all that the universe has to hold of horror.

Jeg har sett på alt universet har å romme av redsel.

But now even the skies of spring are darkness to me.

Men nå er selv vårhimmelen mørke for meg.

Even the flowers of summer are forever poison to me.

Selv sommerens blomster er evig gift for meg.

But I do not think my life will be long.

Men jeg tror ikke livet mitt blir lenge.

As my uncle went, so shall my end come.

Som onkelen min gikk, skal min ende komme.

As poor Johansen went, so shall my time come.

Som stakkars Johansen gikk, skal min tid komme.

I know too much, and the cult still lives.

Jeg vet for mye, og kulten lever fortsatt.

Cthulhu still lives, too, I can only suppose.

Jeg kan bare anta at Cthulhu også lever fortsatt.

I assume Cthulhu is again in that chasm of stone.

Jeg antar at Cthulhu igjen er i den steinkløften.

The city which has shielded him since the sun was young.

Byen som har skjermet ham siden solen var ung.

I know his accursed city is sunken once more.

Jeg vet at hans forbannede by er sunket igjen.

The crew of the Vigilant sailed over the spot after the April storm.

Mannskapet på Vigilant seilte over stedet etter aprilstormen.

But his ministers on earth still worship his return.

Men hans tjenere på jorden tilber fortsatt hans gjenkomst.

In lonely places they congregate around their idol.

På ensomme steder samles de rundt idolet sitt.

And they bellow and prance and slay in satanic ritual.

Og de brøler og danser og dreper i sataniske ritualer.

He must have been trapped by the sinking of his black abyss.

Han må ha blitt fanget av senkingen av sin svarte avgrunn.

Or else the world would by now be screaming with fright and frenzy.

Ellers ville verden nå skrike av skrekk og vanvidd.
Who knows how the end will come about?
Hvem vet hvordan slutten vil bli?
What has risen may sink, and what has sunk may rise.
Det som har steget, kan synke, og det som har sunket, kan stige.
Loathsomeness waits and dreams in the deep.
Avsky venter og drømmer i dypet.
And decay spreads over the tottering cities of men.
Og forfall sprer seg over menneskenes vaklende byer.
A time will come where that city rises out the sea again.
Det vil komme en tid da byen igjen stiger opp av havet.
But I must not think about when that day will come!
Men jeg må ikke tenke på når den dagen kommer!
I have one prayer if this manuscript outlives me.
Jeg har én bønn hvis dette manuskriptet overlever meg.
I pray my executors put caution before audacity.
Jeg ber om at bobestyrerne mine setter forsiktighet foran dristighet.
I pray this manuscript meets no other eyes.
Jeg ber om at dette manuskriptet ikke møter andres øyne.

***

Found among the papers of the late Francis Wayland Thurston, of Boston.
Funnet blant papirene til avdøde Francis Wayland Thurston fra Boston.